公元787年，唐封疆大吏马总集诸子精华，编著成《意林》一书6卷，流传至今
意林：始于公元787年，距今1200余年

一则故事　改变一生

意林 松果阅读

脑洞君，请收下我的膝盖

《意林》编辑部 编

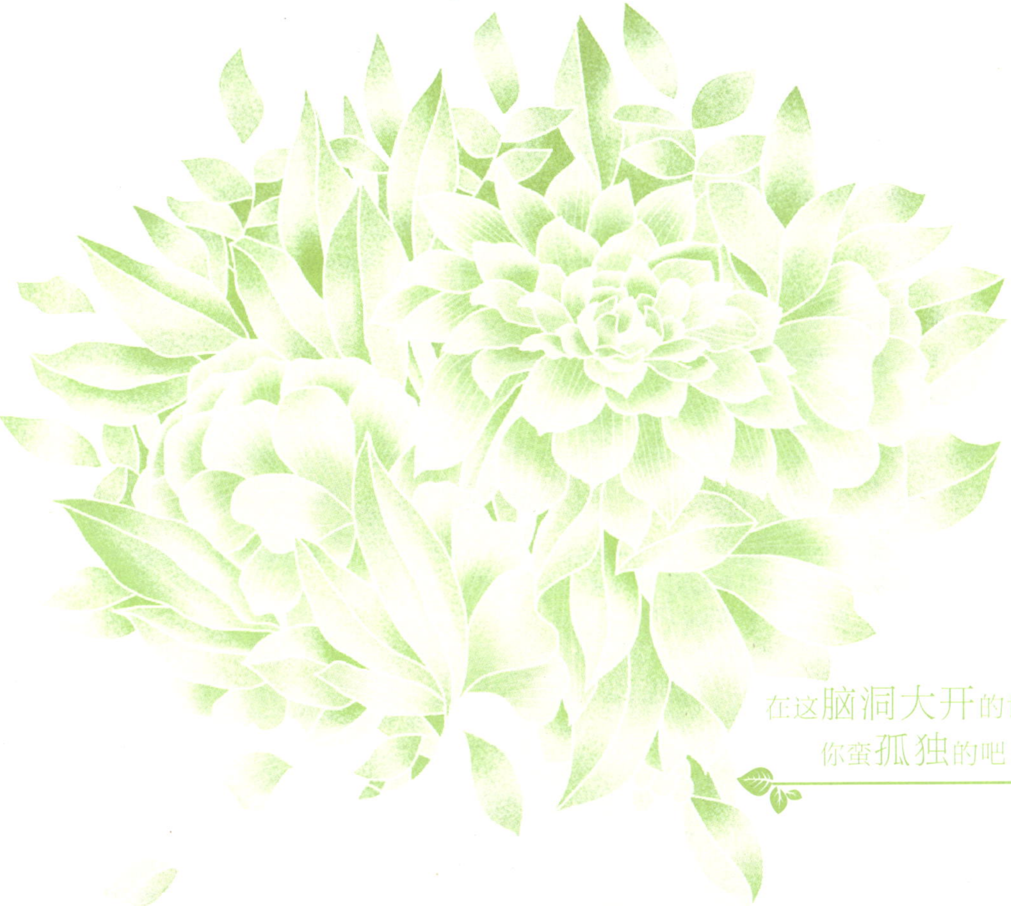

"大阅读"书系
懂"升学党"的阅读

松果阅读

在这脑洞大开的世界，
你蛮孤独的吧。

长春出版社
全国百佳图书出版单位
吉林银声音像出版社有限公司

图书在版编目（CIP）数据

脑洞君，请收下我的膝盖/《意林》编辑部编. ——
长春：长春出版社，2015.9
ISBN 978-7-5445-4078-0

Ⅰ.①脑… Ⅱ.①意… Ⅲ.①散文集－中国－当代
Ⅳ.①I267

中国版本图书馆CIP数据核字(2015)第210817号

大阅读·脑洞君，请收下我的膝盖

总 策 划：	顾 平
主　　编：	蔡 燕
责任编辑：	郭鼎民
策划监制：	蔡 燕　翟 爽
特约编辑：	翟 爽　董 腾　丁辰迪
特约点评：	董 腾
封面设计：	资 源
美术设计：	孟 华　张 迪
发行总监：	李振红

出版发行	**长春出版社** 吉林银声音像出版社有限公司	总编室电话：0431-88563443 发行部电话：0431-81294007	
地　　址	吉林省长春市建设街1377号		
邮　　编	130061		
网　　址	www.cccbs.net		
印　　刷	北京嘉业印刷厂		

开　　本：	700mm×1000mm 1/16
字　　数：	170千字
印　　张：	13
版　　次：	2015年9月第1版
印　　次：	2015年9月第1次印刷
印　　数：	1～20000册
书　　号：	ISBN 978-7-5445-4078-0
定　　价：	28.90元

版权所有　翻印必究

如发现印装质量问题，请与印厂联系调换

启　事

　　本书编选时参阅了部分报刊和著作，我们未能与部分作品的文字作者、漫画作者以及插画作者取得联系，在此深表歉意。请各位作者见到本书后及时与我们联系，以便按国家相关规定支付稿酬及赠送样书。

　　地址：北京市朝阳区南磨房路37号华腾北搪商务大厦1501室《意林》编辑部（100022）
　　电话：010-51908602

价值阅读

蔡 燕

  每一个年轻人,都曾经或正在经历一无所有,正是因为经历过这个阶段,才体会到从无到有的过程是多么美好。编书的感受同样如此。看着一本书从一个思维的火花,一个创意的萌芽,经历封面的反复抉择,内容的再三挑选,书名的多次变更,到最后呈现给正在阅读本书的你,是一个奇妙的过程,有点像少年派的奇幻漂流。

  大阅读书系,就如同少年派,最初的他完全不知道自己能否活下去,他经过了种种苦难、绝望、希望,最后终于赢得了生机,虽然经历阵痛,但最后他还是选择以美好示人。

  在这个貌似文化大繁荣,出版物铺天盖地的时代,清流与浊流难辨。穿越故事、言情小说、网络文学、励志期刊、动漫杂志……精神的食粮如此之多,有的帮助学生排遣青春期的无聊和烦闷;有的引领学生在奇思异想的世界里冲浪;有的建构了完全的虚拟世界,为学生提供逃避现实的乌托邦。不去评论每本书的是非功过,起码它们抚慰、缓释了青春的困惑与苦闷。

  然而,抚慰与缓释,并非这套书的初衷,也不是我们的目的。本套书的出发点,是做"懂'升学党'的阅读",也就是我们本套书所提倡的"价值阅读"。

  根据近期教育部出台的高考改革方案,语文在中高考中,在广度、难度上均有所增加,因此最容易拉开学生的档次。而语文能力最根本的培养在于阅读的广博和阅读习惯的培养。"大阅读"书系力求做"懂'升学党'的阅读"。"审美力"和"阅读能"是"大阅读"书系所提出来的概念。

  "审美力"即让学生通过阅读大量优秀的文章而提高自身的审美格调,产生独立思考和判断的能力。因此,这套书选文以美文为主,封面采用国内著名插画师的最新原创手绘作品,版式设计追求古典文人画"留白"的美感。

  阅读是写作的基础,也是语文的基础,所以学生迫切需要一种"阅读的能力"即"阅读能","阅读能"就是,能够看出文章想要表达的主题思想,能够明白作者的写作手法,能够懂得好文章与差文章的分别,今后再看文章,懂得自动吸收文章的优点,并指出文章的不足。我们希望阅读这套书的中学生们，不仅感受到心灵的舒缓和平静，还能立刻get作文、语文所需要的各种技能。最美修辞，高格引句，文眼追踪，思维训练，让中学生在审美阅读之余，提升自身的现代文阅读能力以及作文水平。甚至，当"升学党"去到中考、高考的战场时，能够感受到语文和作文题目都是似曾相识，这样在心理战上已经赢得了中高考。

前北京大学中文系主任，现山东大学文科一级教授，同时也是北京大学语文教育研究所所长的温儒敏先生，是我们很敬重的长者。他一直致力于中学语文教改，倡导通过语文、阅读以及写作的教育，培养学生的思辨能力和理性思维。

我非常希望能够约请温儒敏先生为本书作序，但先生认为：这套书比较看重文采和结构，对于作文当然会有好处。但这也容易带来堆砌和套写的弊病。有利于高考（其实高考命题和阅卷都意识到这问题，在采取针对性措施），却并不利于真正的写作能力，特别是思维力的养成。为此，这套书根据先生的意见，在《脑洞君，请收下我的膝盖》这一本里，对思维训练做了专门的补充和完善。

虽然温儒敏先生最终并未替本书作序，但他提出的几个观点让我思考了很久。

"中学生写作是为了写作技巧能力本身吗？不是，写作在一般公民的生活中其实运用不多。学生学习写作，主要是书面语言训练以及背后的思维训练。后者更重要，却往往被忽视。"未来的中国中学生是非常幸运的，因为有像温儒敏先生这样的权威专家在力推语文教改，在催生并迎接真正的素质教育时代的到来。我想，这也是大阅读系列丛书后续组稿的方向。

《意林》杂志以"一则故事，改变一生"为刊旨，每一位熟读《意林》的青少年自会从中获得思考的智慧和向上的力量。作为一本市场化运作而又坚持传递正能量的期刊，在十余年的办刊经历中，我们也在找寻最适合自身的营销思路。和每一个品牌一样，我们希望精确地吸引住自己的核心读者群。我们同样也希望，我们能够服务于每一位具体的学生读者，减轻他们升学的压力，让他们感受到帮助、温暖和贴心。

我总是想起那些在深夜发到意林短信平台的短信，里面几乎都是中学生，尤其是初三、高三学生，在他们的字里行间充满迷茫和痛苦。升学的压力折磨着这些疲惫的灵魂，对学习难以突破的绝望，充满冷暴力的人际关系，竟让原本处于花季、雨季的中学生感到"苍凉"和"老了"。然而这种疲惫被掩盖在青春的肉体之下，被家长和老师忽略。一些地区的孩子来信表示，一进入高三阶段，甚至是刚进入高中，家长和老师就全面封杀所有的课外读物，只能接触无尽的习题和教辅资料。这让我感到难以置信和无言的悲哀。可能是因为中国实在太庞大，不是每一个孩子都能生活在北京，不是每一个孩子都能够离素质教育如此之近。

我们很希望为中学生的阅读世界做一点贡献，也在努力地做。我们同样希望"培育优秀国人"。

数学迷情

2　She=（he）² / 黑马三
4　爱的计算题 / 佚　名
6　何时"死亡账号"会超过"正常账号"
　　　　　　　　　　　　/ Emily Dunham
9　懂数学的蝉 / 袁　越
13　请叫我高能儿 / 佚　名
16　风中的大侠 / 依　依
18　叫醒你的不只有梦想，还有人生公式
　　　　　　　　　　　　/ 依　依
20　趣题 / 林　革
22　毁灭月球的 N 种方法 / Ent
25　励志的公式 / 苇　迪
26　为什么人民币没有 3 元 / 张小羁
30　怎样用数学抓狮子 / 佚　名
33　做一个有翅膀的凡人 / 李庆桂
36　"乌鸦喝水"故事里藏着数学秘密
　　　　　　　　　　　　/ Ada 徐

心理暗战

40　酒吧为什么要在饮料上放把伞 / 林　下
42　好莱坞影片炼成记 / 张　跃
44　"石头剪刀布"的制胜诀窍 / 林　革
48　FBI 为什么常把谈话安排在下午 / 杜丽丽
50　马屁股决定铁轨宽度 / 岑　嵘
52　如果不八卦，人类根本进化不了 / 佚　名
57　亲历门萨考试 / 诺亚·戴维斯
62　如何科学、有趣地聊聊冥王星 / 学习公社
65　生命在乘方，你用什么做底 / 高宗飘逸

68　父母都是学霸，孩子更接近普通人
　　　　　　　　　　　　　　/ 峰哥何峰
71　有钱人用长钱包 / 龟田润一郎

灵感胶片
76　把第一部 iPhone6 丢进啤酒里
　　　　　　　　　　　　　　/ 张珠容
79　咖啡王国的咖啡渣房子
　　　　　　　　　　　　/ 歪笔轩主人
82　让呼吸为你的手机充电 / 睿　雪
84　"尿尿坦克"小分队 / 詹青云
87　如何"调戏"自动阅卷机
　　　　　　　　　　　　　　/ Michael
91　如何让一个人蒸发 / 石　头
94　如何写一首让人看不懂的诗
　　　　　　　　　　　　　　/ 远　子
96　怎样设置密码 / William Poundstone
101　大气里的二氧化碳能做汽水吗
　　　　　　　　　　　　/ Brandon Seah
104　孙悟空进了太上老君的炼丹炉后
　　　　　　　　　　　　　　/ 佚　名

科教诗话
106　不挖鼻孔会死吗 / 猫　乱
108　打喷嚏是有人想你吗 / 张小羁
112　黑眼小孩的入侵 / 汪世祯
118　飞蛾扑火是傻帽行为吗 / 刘宇翔
121　飞机上就应该放屁 / 柯玉升
123　一滴血里的侏罗纪世界 / 陈　墨
128　疯狂的自体实验者 / 诺　顿
131　给地球装个大 Wi-Fi / 佚　名
136　啤酒，助人类走出洞穴 / 张　渺

139　冷冻身体玩穿越哪有那么简单
　　　　　　　　　　　　　　/ 周　峰
144　你的大脑将被读取 / 刘洪波
148　目光竟然有温度 / 玉　琳　马　涛
150　把桶装方便面折叠起来 / 方益松
153　太阳能飞机的环球之旅 / 沈美云
157　眼球追踪让你有"特异功能"
　　　　　　　　　　　　　　/ 佚　名

意念城堡
160　木乃伊吃什么 / 一　博
163　我们能用火焰喷射器除雪吗
　　　　　　　　　　　　/ Matt Van Opens
165　新视野号砸中了你的汽车会怎样
　　　　　　　　　　　　　/ Robin Sheat
169　全球人参加冰桶挑战需要多久
　　　　　　　　　　　　　　/ 佚　名
172　尼古拉斯·凯奇是吸血鬼吗
　　　　　　　　　　　　　　/ ifengtao
175　机枪飞行器 / 谢熊猫君
178　如何正确理解木桶原理 / 曾　加
181　外星人如何"发现"我们
　　　　　　　　　　　　　/Fraser Cain
184　我们会被黑客杀死吗 / 志兰琳达
186　英国数学家教你如何切蛋糕
　　　　　　　　　　　　　　/ 佚　名
188　星际穿越可行吗 / 徐　风
192　真的存在"匹诺曹综合征"吗
　　　　　　　　　　　　　　/ 潘二妮
195　怎样成为"X 战警" / Kyle Hill

数学迷情

包含着xyz的方程之中,隐藏了多少不为人知的奇妙秘密?函数曲线以及概率统计之中,又能发现多少宇宙中的终极规律?数学之美,在于对生活的精确表达,在于对逻辑的完美演绎。即使数学没有鲜艳的色彩,没有美妙的声音,没有动感的画面,但它依然让人深深着迷。

● 最强大脑：

就这个等式 She=(he)² 来说，除了是一道计算题之外，似乎还能从公式中看出一些哲学意味。同时，作者对这个问题的解答过程也告诉了我们，对于数学问题，要善于思考，找准突破口。

She=（he）²

黑马三

美国著名数学教育家乔治·波利亚曾经设计过一道趣味题：She=(he)²，本义是"她等于他的平方"。这等式让人感到莫名其妙，其实它是一道算式谜题。你能揭开这则英语算式谜题的谜底吗？

我们先从等式的整体上分析，She 是 he 的平方，它们的个位数字相同，都是 e。一个数平方后个位数字不变，那么个位数只能是 0、1、5、6，所以 e 可能是 0、1、5、6 中的任意一个。

接下来，再从 She 是三位数分析，因为 $100 \leq (he)^2 < 1000$，所以 $10 \leq he \leq 31$。根据上面对 e 的判断，he 只可能是 10、11、15、16、20、21、25、26、30、31。于是，(he)² 即 She 只可能是 100、121、255、256、400、441、625、676、900、961。

最后，再从 She 的后两位数字是 he 分析，只有 She=625，he=25 才能满足要求。

现在你知道了，"他"(he)是 25，而"她"(She)是 625。虽然表面上"他"和"她"风马牛不相及，可一用数字来牵线，就有了生动有趣的关联。

事实上，这是数学家波利亚根据数学中的"自守数"构思而成的。一个数与它自己相乘（平方），得到积最后的 1 位、2 位、3 位……数字恰好就是原数。如 $5^2=25$，$6^2=36$，平方后积的末位数字恰好为 5 和 6。进一步研究，可知任何整数的平方，只要它们的末位数是5或6，那么计算结果的末位数也必然仍旧是5和6。如$25^2=625$，$76^2=5776$，结果的末两位数依旧是25和76，这正是两位数中的两个自守数。

类似的，在三位数中也有两个自守数：625和376。$625^2=390625$。$376^2=141376$。计算得出的结果的最后三位数字和原来数字相同。末三位数与原数相同。从5→25→625，又从6→76→376，这真像一条无法藏匿且不断延长的尾巴。

逻辑思维：

这个题目的分析方法很具有参考价值。首先是通过位于个位的e平方后未变来推断e的取值，再根据She是三位数确定he的范围，进而答案就呼之欲出了。所以，在遇到类似问题时，首先要做的就是根据现有条件缩小答案范围，避免随便用数字去试。

命帅说：

我觉得，这个公式还有另外一种解释，就是一个女人需要两个男人（她的丈夫和她的父亲）联合起来才能制伏她。

爱的计算题

/ 佚 名

● 最强大脑：

这不是一道正式考题，但这道题所有的学生应该做一做。计算的过程和最终的结果文中列得很清晰，我们可以一条一条地算一算，同时看一看，我们是不是可以在某一条上，避免爱被"开方"？

近日，上海交通大学在微博上分享了一道计算题，要求考生计算出子女对父母爱的总数。答案显示，子女回馈给父母的爱仅是父母给子女的爱的1/20805。该题为上海交大的校级媒体机构南洋通讯社虚构而非正式考题。以下为试题内容：

答题人：上海交通大学全校学生

监考人：上海交通大学

题目类型：计算题

考试时间：2015年1月

命题人：南洋通讯社

问：假设父母对子女的爱是每天一公里的路程，那么子女对父母的爱总共是多少？

答：一公里。

证明：假设父母对子女的爱是每天一公里，那么一年里是1公里/天×365天=365公里。不妨假设父母的平均寿命为85岁。从我们出生（全国平均生育年龄为28岁）到父母离去

85-28=57（岁）

那么父母对我们的爱就是

365×57=20805（公里）

这个里程相当于地球半周长。

而我们对父母的爱（以从父母处获得的爱等量计算）

因为求学，这份爱被开平方

$\sqrt{20805}$=144.23938（公里）

因为工作，这份爱又被开了平方

$\sqrt{144.23938}$=12.00997（公里）

因为组建了自己的家庭，这份爱又被开了平方

$\sqrt{12.00997}$=3.46554（公里）

因为照顾自己的孩子，这份爱又一次被开了平方

$\sqrt{3.46554}$=1.86160（公里）

因为社交、各种应酬，这份爱又一次被开平方

$\sqrt{1.86160}$=1.36440（公里）

因为离家远，离家久，这份爱继续被开平方

$\sqrt{1.36440}$=1.16808（公里）

因为生活的各种境遇、喜怒哀乐，这份爱还要被开平方

$\sqrt{1.16808}$=1.08078（公里）

因为陪父母的时间越来越少，这份爱再一次被开平方

$\sqrt{1.08078}$=1.03961（公里）

因为……

综上所述，我们对父母的爱在无数次被开平方后，只剩一公里。

解析：一年一年，时间无声地走过，当我们在求学的道路上负笈前行时，皱纹也悄悄爬上了父母的眼角。总是感觉时间还长，总是以为还有机会，却不知，我们对父母的爱总共只有一公里，仅仅相当于父母对我们一天的爱。这道题目的演算也许并没有那么严谨，却是每一位同学应该认真作答的。请不要忘记陪伴和照顾父母，把这一公里的路一步一步地走好走实。

逻辑思维：

将抽象的"爱"通过直观的数学公式表达出来，并通过开方这一计算方法来表现子女对父母在爱的回报上的"打折"。最后得出的结果使人震惊，也发人深省。

奇葩说：

我们每个人都要求学，都要工作，未来也都要组建自己的家庭，那么，我们回报父母的爱必然将会被开方再开方。我们能做的，就是尽最大可能，让爱少被开方几次吧。

● 最强大脑：

作者提出的这个问题是早晚会发生的事情，之前却很少有人去关注。文章中涉及了许多统计学、数学乃至于社会学的知识，作者的知识量储备可见一斑。

何时"死亡账号"会超过"正常账号"

Emily Dunham

目前 Facebook 上"死亡账号"并不多。这主要是因为 Facebook——以及它的用户——都很年轻。

过去

根据 Facebook 的增长速度，以及这些年来注册用户的年龄段来看，这之中有 1000 万到 2000 万注册用户已经去世。

目前来看，这些人在年龄段上分布均匀。虽然年轻人的死亡率比六七十岁的老人要低，但由于他们占了 Facebook 用户中的大部分，因而去世的年轻人的数量还是和去世的老年人的数量差不多。

未来

约有 29 万 Facebook 美国用户将（或已经）在 2015 年死去，而全球在 2015 年要死去几百万人。只需七年，死亡率就会翻倍；再过七年，死亡率还会再翻一番。

即使 Facebook 明年就关闭注册，每年的死亡数还会持续上升，这个势头将保持几十年，因为 2000 年到 2020 年间读大学的人都开始变老了。

决定死人账号数何时超过活人账号数的关键因素在于 Facebook 的新增用户速度——一般是那些年轻人——能否快过老用户死亡的速度。

2100 年的 Facebook

咦，我们现在要探讨一下 Facebook 的未来了。

我们没法确切地说 Facebook 能活多少年，因为我们没有类似的经验。大多数网站都是短时间内大火，然后慢慢地埋没于历史的尘埃之中，因而 Facebook 最后的命运也会如此。

这样说来，Facebook 将在最近十年的末期开始失去市场份额，并且永远都不会恢复过来。Facebook 的转折点——死人账号数超过活人账号数的那一天——将在 2065 年前后来临。

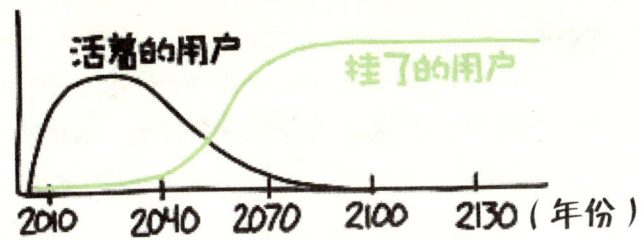

不过也有可能不这样，也许它会变得像 TCP 协议那样成为其他基础设施的基石，这样用户们可就离不开它了。

如果 Facebook 能够历经数代人而不倒的话，那么它的转折点将会到 22 世纪末期才来临。

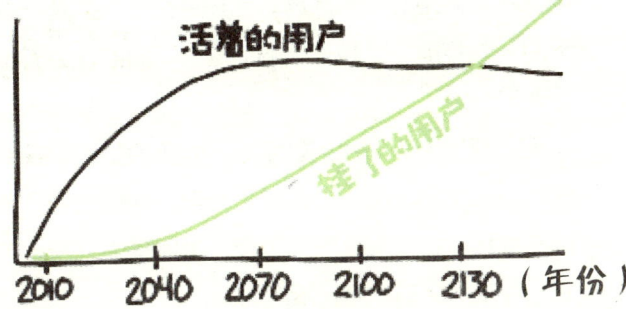

不过这也不太现实，没有什么能够永恒存在，尤其是那些基于电脑技术的东西，急速更迭才是常态。所以 Facebook 的命运很可能介于这两种情况之间。我们只有静静等待才能知晓结果。

账号的命运

Facebook 有财力能够将所有用户的页面和数据

逻辑思维：

文章将 Facebook 上"死亡账号"超过"正常账号"这一现象作为切入点，先是通过统计学及数学建模的方式分析这一现象何时产生，再通过这一现象引出一些社会学问题，即账号如何继承、对死者如何纪念等，这些问题都值得我们认真去思考。

脑洞君，请收下我的膝盖

无限期地保存下去。活人用户产生的数据总是比死人用户要多，而且只有活人的账号才会被经常访问。即使所有用户中死人（或不活跃）账号占了绝大多数，这也不会对总的数据存储支出产生大的影响。

其实更重要的是我们用户的想法。我们要留着那些页面干啥？除非我们要求 Facebook 把页面删了，否则他们默认应该会永久备份所有数据。即使 Facebook 不那么做，也总会有一些数据收集公司这么做。

现在死者的近亲可以将死者的 Facebook 页面变成一个纪念页。但这其中还涉及许多问题，比如密码、私人信息等，这些问题在我们开发社交网站时是不会想到的。这些页面还会可以继续被访问吗？哪些信息要被隐藏？死者的近亲有权进入邮箱吗？纪念页允许留言吗？如果遇到拖钓信息或是故意辱骂该怎么办？其他用户可以与死者的账号互动吗？死者该出现在哪种好友名单上？

我们目前正在不断摸索解决这些问题的方法，这其中当然也会出现很多问题。死亡一直以来都是一个重大的、艰难的、情绪充斥的话题，不同的社会有不同处理的方法。

但组成一个人一生的基本事件是不会变的。我们都要吃饭、学习、长大、恋爱、打架，最终死去。在不同的地理位置、文化环境以及技术图景中，我们围绕着这些基本活动发展出不同的行为。

正如在我们之前活过的每一个人一样，我们都是在自己的人生运动场上进行着相同的游戏。虽然事情有时总不尽如人意，有时还会碰一鼻子灰，但我们还是不断地更新着在互联网上恋爱、争吵、学习以及长大的社交准则。我们迟早会明白该如何去祭奠。

> **奇葩说：**
> 不只是 Facebook，我们日常用的空间、微博，有一天也会出现这种状况。互联网也是一种形式的社会，我们身处其中，就要学会其中的规则，包括如何更好地去祭奠。

懂数学的蝉

袁 越

> ● 最强大脑：
> 作者从生物学的角度为我们抖落了一个数学问题，这个问题涉及质数的本质定义。自然界就是这么奇妙，经过了漫长的演化，产生的许多现象都与数学问题息息相关。

夏天是属于蝉的季节，蝉的叫声是每个慵懒夏日的背景音乐。但是，美国有一种蝉，每17年才叫一次，像钟表一样准确。

世界上有3000多种蝉，绝大多数都是一年生的，每年繁殖一次。也有不少蝉以2~4年为一个周期。1633年，有人描述过一种产自北美的蝉，生命周期极长。但直到18世纪初期，美国的昆虫学家才最终确定了这种蝉的生命周期——17年。100多年后，又有一种生命周期为13年的蝉被发现了。科学家把这两种奇怪的蝉统称为"周期蝉"（Periodical Cicadas）。

这种蝉总是在5月下旬开始破土而出，沿着树干爬到高处，发出疯狂的求偶叫声。它们必须抓紧时间找到伴侣，因为大自然留给它们的交配时间只有一个星期。之后，雌蝉把卵产在树干内便死掉了。经过2~8周的孵化，幼虫破壳而出，掉到地上，钻进土壤，依附在大树的根部，一边吸食植物汁液，一边等待时机破土而出。

这一等就是16年（或者12年）。

其实，17年蝉早在第8年的时候就已经完全成熟了，但它们体内似乎有个钟表，不断提醒它们要耐心等待。直到第17年的那个夏天，蝉们好像约好了似的，一起冲出地面，完成新一轮的生命周期。

一般情况下，一个地区只生活着一种周期蝉，科学家按照它们的出土日期和分布范围，把北美的

逻辑思维：

文章开篇即提到了"周期蝉"这一奇妙的蝉品种。接下来，在介绍完周期蝉的生理特性之后，文章重点探讨了一个问题，即周期蝉的周期为什么总是一个质数？虽然这个问题最终还没有得到一个完美的解答，不过通过文章的介绍，我们已经认识到，生物界与数学之间一定存在着某种奇妙的联系。

周期蝉分成了大约 15 个按照罗马字母命名的"窝"（Brood）。比如，2004 年出现在北美大部分地区的周期蝉是第 X（罗马数字 10）号窝，这一窝蝉数量最多，分布最广，是研究得最透彻的窝之一。

科学家首先想弄明白的问题是：这种蝉为什么选择在地下生活那么多年？这样做肯定会减少繁殖的效率啊。这个问题现在基本上有了定论。原来，周期蝉最早出现在大约 180 万年前，那个时候北美正处于冰河期，气候极不稳定，经常会遇到冷夏。成年蝉需要很高的气温，假如它们出土后正好遇到低温，就死定了。科学家经过计算发现，假如在 1500 年的时间里每 50 年出现一次冷夏，那么 7 年蝉的成活率是 7%，11 年蝉的成活率是 51%，17 年蝉的则是 96%。显然，周期越长，成活率就越高。

下一个，也是最有趣的问题是：周期蝉的周期为什么总是质数？

众所周知，质数是除了它自己和 1 以外无法被任何整数整除的数。有一种理论认为，周期蝉为了避免相互争夺粮食，便进化出质数周期，减少了相遇的次数。比如 13 年蝉和 17 年蝉每 221 年（13 乘以 17）才会同时出现一次。

可是，这个理论经不起推敲。事实上，13 年蝉和 17 年蝉有自己的活动区域，两者很少重叠。1998 年在密苏里地区出现过一次第 X 号窝和另外两窝 13 年蝉同时出现的奇景，但是这种情况很少发生。另外，蝉的大部分时间都生活在地下，相互争夺最厉害的食物应该是植物的根，这和它们的生命周期就没什么关系了。

1977 年，著名古生物学家史蒂芬·杰·古尔德（Stephen Jay Gould）提出了一个新的假说，认为周期蝉这样做是为了避开自己的天敌。他指出，很多

蝉的天敌也有自己的生命周期，假如周期蝉的生命周期不是质数，那么就会有很多机会和天敌的周期重叠。比如12年蝉就会和周期为2、3、4、6年的天敌重相遇，被吃的可能性就要大很多。

2001年，德国科学家马里奥·马科斯（Mario Markus）设计了一个数学模型，间接地验证了这一假说。在这个计算机模型里，蝉和天敌们的生活周期一开始都不固定，但是两者都会随机地发生变异。如果周期重叠，蝉就被吃掉。经过N年的演化后，蝉的周期无一例外地会停留在一个质数上。

达尔文的支持者肯定喜欢这个理论，因为它把周期蝉的这个"神来之笔"变成了一个进化论框架下的数学模型。另外，这个理论还产生了一个副产品，那就是"质数生成器"。原来，质数是没有规律可言的，大质数很难找到，需要用计算机一个一个地算。现在好了，只要把前提条件变化一下，输入这个"质数生成器"，就能自动得出一个质数来。

这个故事讲到这里似乎很完美了，其实不然，很多昆虫学家仍然有疑问。比如，为什么目前发现的周期只有13和17两种？为什么大多数蝉的周期并不是这样的？这些疑问都很有道理，但研究起来十分困难。康涅狄格大学的生物学家克里斯·西蒙（Chris Simon）认为，马科斯提出的数学模型之所以还没有被证伪，是因为这个理论直到现在还没有办法验证。比如，科学家一直没有找到周期蝉的天敌，能够符合这个理论的前提条件。所以，只有先搞清周期蝉控制时间的原理，以及它们的遗传方式，才有可能从根本上揭开周期蝉的秘密。已经有科学家利用1998年在密苏里出现的那次罕见的重叠，让13年蝉和17年蝉交配，看看它们后代的周期会变成怎样。

但是，很显然，这项研究需要很长的时间，必须

俞葩说：

天啊！蝉不只懂周期，还懂质数！都这么懂数学了，这让数学学渣可怎么活……不说了，我再去拿本数学书补补课。

有足够的耐心才行。

　　说起来，周期蝉不能算是害虫，研究它的周期对人类一点儿实际价值也没有。不过，人类的好奇心是无穷的，科学的发展就是这样，一开始也许只是出于好奇，但没准就能找到一项突破性的大发现，就像那个"质数生成器"那样。

　　如果你对这个问题有兴趣的话，赶紧去美国的伊利诺伊州吧。按照科学家的计算，一种17年蝉的第XIII号窝马上就要在那里出土了！

请叫我高能儿

佚 名

●最强大脑：

面对一道作文题，作者首先想到的是去验证它是否合理，单从这一点来说就说明作者具有善于思考和不盲从的性格。另外，文中严密的推理逻辑和精确的公式计算说明作者具有很高的物理及数学修养。

有一种鸟，它能够飞行几万公里，飞越太平洋，而它需要的只是一小截树枝。

在飞行中，它把树枝衔在嘴里，累了就把那截树枝扔到水面上，然后飞落到树枝上休息一会儿，饿了就站在树枝上捕鱼，困了就站在树枝上睡觉。谁能想到，小鸟成功地飞越了太平洋，靠的却仅是一小截的树枝？

试想，如果小鸟衔的不是树枝，而是把鸟窝和食物等所有的用品一股脑儿全带在身上，那小鸟还飞得起来吗？

根据上述材料作文，要求自定立意，自拟题目，自选文体（诗歌除外）；不要脱离材料的内容及含意范围作文，不少于800字。

作为一个理科生，我看到这道题目的时候，立刻石化了。

我不知道命题老师的鸟，是如何威猛，是如何神奇。一个正常人的思维却让我不得不怀疑一些东西。我不跟你计较，一只叼着树枝的鸟，如何跟同伴打情骂俏；我不跟你计较，一只不会游泳的鸟，如何踩着树枝捕鱼；也不跟你计较，太平洋的海浪会不会打翻树枝。我只问你一个问题：你知道，究竟多大的一根树枝，才可以让一只鸟浮在水面上？

找抽的命题老师，请允许我教给你一个关于浮力的公式，如果你想让一块木头能载动一只鸟，那么需

逻辑思维：

　　就反驳类文章来说，一般有三种，驳论点，驳论证，驳论据。本文使用的是驳论据的手法。通过严密的计算依次得出"鸟的重力""木头的体积"，进而得出结论"鸟无法叼着木头飞越太平洋"。论证方法与角度都令人耳目一新。

要符合如下条件（出于对您智商的尊重，我不使用各种字母）：木头产生的浮力 - 木头本身的重力 + 鸟的重力

　　为了能让木头发挥最大的作用，我们假设木头恰好被完全踩到水面以下。

　　那么可以得出这样的结论：

　　水的密度 × 木头的体积 × 重力加速度 - 木头的密度 × 木头的体积 × 重力加速度 + 鸟的重量 × 重力加速度

　　合并同类项并化简之，得出：

　　木头的体积 ×（水的密度 - 木头的密度）- 鸟的重量 ≥ 0

　　水的密度约为 1000 千克/立方米，而木头的密度在 400~750 千克/立方米之间，我们权且当这只鸟很聪明，找了比较轻的一种，木头的密度按 500 千克/立方米算。

　　可得出：

　　鸟的重量/木头的体积 -500 千克/立方米

　　简单来说，就是这样的结论：

　　如果鸟是 1 公斤重，那么，木头的体积 =1/500 立方米 =0.002 立方米 =2 立方分米

　　2 立方分米什么概念呢？——我们常见的砖头，大约两块！

　　一公斤重的鸟什么概念呢？这么说吧，普通的母鸡一般三四斤重，一公斤重的，也就是只小雏鸡。

　　一只小鸡那样大小的鸟，衔得动两块砖头大小的木块或者说是一根胳膊粗细的木棒吗？就算可以，风对木块的阻力，也会让鸟儿飞到大西洋，而不是太平洋。

　　命题老师可能会说他的鸟大，鸟大分量也重啊！那可能要衔的就不是胳膊粗的木棒了，而是一根柱子

了。

　　总之，科学告诉我，不管是什么鸟，都不会选择叼着树枝飞越太平洋。如果一定要这么干，肯定是只傻鸟——淹死在太平洋里喂鱼的傻鸟。对于建立在这个傻鸟故事上的傻鸟道理，只有傻鸟才会信。

奇酷说：

　　虽然作者一本正经地分析了这道作文题材料，而且看上去有理有据使人信服，不过我知道的是，如果作者真的在遇到考题时写了这样一篇作文的话，那么文章应该会出现在当年的《零分作文大全》里。

● 最强大脑：

作者一下把人们从白衣飘飘的武侠世界拉回到了现实世界。不过，这样的探究是很有必要的，只有科学的计算得出的数据才能告诉我们在山顶上真正要注意的是什么，而武侠小说是不会告诉我们这个的。

风中的大侠

依依

不知有多少人像我一样，看到经典片段"华山论剑"时，就有种"会挽雕弓如满月，西北望，射天狼"的冲动，幻想自己也是其中一员：白衣似雪，傲立华山之巅；青锋在手，约战江湖群豪……但是，我要提醒一下各位：山上风大，小心风寒。

据科学研究表明，风速越大，人的体感温度就越低，刮6级以上的风(40km/h)时，体感温度比气温要低10℃左右。这是什么原理呢？原来，热传递有辐射、对流、传导三种方式，当我们的身体裸露在无风的低温下时，周围会形成一圈被身体加热的"气垫"，阻碍空气对流和热量散失。但当我们裸露在寒风中时，这层薄薄的隔热层被寒风撕成碎片，对流作用加剧，体感温度就会急剧下降。作为一个死理性派，让我们用数字来说明问题吧。

我们假设一位1.8米的剑侠翩翩立于华山之巅，华山海拔高度为2154.9米，按照风力发电研究中采用的平均风速与高度的关系公式 $V=V_0(H/H_0)^n$ 计算，地面风力 V_0 一般取1.6m/s，地面海拔 H_0 一般取10米，地表摩擦系数 n 取值为0.1~0.4，考虑华山险峻，我们取0.4。计算得出华山平均风速为13.72m/s，折合成时速为49.4km/h。

气象学家根据流体力学得出,气温在0℃以下时,人体的体感温度经验公式为：WCTI=13.12+0.6215T-11.37V0.16+0.3956TV0.15。金庸先生的小说里写到

华山论剑是大雪天，我们假设其空气温度 T 为 -5℃，风速 V 假设为 49.4km/h，代入计算出体感温度为 -14.76℃。

根据风冻效应表，体感温度在 0℃ ~ -30℃ 时，人将处于危险境地，裸露的肢体会在一个小时内冻僵；体感温度在 -30℃ ~ -50℃ 时，处于中度危险境地，裸露的肢体将在一分钟内冻僵。所以，大侠，你现在正处在危险境地，还是请你先裹得严严实实后，再来华山论剑吧。

逻辑思维：

作者的分析还是相当翔实的。首先用科学知识告诉大家，风中人体的热量会急剧流失，之后再用数据计算出华山之巅的风速，进而计算得出体感温度。这样翔实的论断使人不得不信服。

奇葩说：

看来这大侠真的不是谁都能当的。要成为绝顶高手上华山论剑，首先要有一套带帽子的厚厚的皮衣，还要自制口罩眼罩才行啊。

叫醒你的不只有梦想，还有人生公式

/ 依依

● 最强大脑：

这篇文章算是励志公式的"大合集"了。励志的故事千千万，但"励志公式"并不多。将这些公式记录下来吧，它们将以最直接最简洁的方式去激励你奋斗。

脑洞君，请收下我的膝盖

1.01 的 365 次方 =37.78343433289>1

1.01=1+0.01，也就是每天进步一点儿。1.01 的 365 次方也就是说你每天进步一点点，一年以后，你将进步很大，远远大于"1"。

1 的 365 次方 =1

1 是指原地踏步，一年以后你还是原地踏步，还是那个"1"。

0.99 的 365 次方 =0.02551796445229<1

0.99=1-0.01，也就是说你每天退步一点点，你将在一年以后，远远小于"1"，远远被人抛在后面，将会是"1"事无成。

与时俱进，不进则退。请警惕，每天只比你努力一点点的人，其实，已经甩你太远。

$$U=EV/ID$$

拖延症公式

任务完成的程度（U），等于对成功的信心（E）乘以对任务的愉悦度（V），除以你的分心程度（I），除以你多久会获得回报（D）。

$$A = X + Y + Z$$

爱因斯坦的成功公式：

成功=正确方法+艰苦劳动+少说空话

$$1.02^{365} = 1377.4$$

$$1.01^{365} = 37.8$$

多百分之一努力，得千分收成。

$$0.99^{450} = 0.01$$

如果成功的概率是1%，

那么尝试450次，

就有99%可能取得最后的成功。

$$X + 0 = X$$

空想不执行，青春只能在原地停留。

逻辑思维：

公式的好处是一目了然的，简洁、明了，并且具有直观的说服力。通过这样的方式来表达一个励志的内核，也许要比通过讲故事的方式更能打动人心。

奇葩说：

看到那个拖延症公式，小编真的是惊出一身冷汗啊。拖延症真的很危险啊，一定要克服。好，先把这篇文章保存着，回头细看。

> ●最强大脑：
>
> 　　大数学家和小学生谁拥有更强大的大脑？答案似乎是显而易见的。但大数学家偏偏就被小学生的数学题难倒了。这也告诉我们，只有摆脱思维惯性，才能拥有"最强大脑"。

趣题

/ 林 革

　　威廉·康威是世界一流的游戏大师，更是一位货真价实的数学家。可是，他竟被一个小学生提出的问题难住了，而这个题目看上去是如此平常：

13
1113
3113
132113
1113122113
311311222113
13211321322113
1113122113121113222113

　　请问，接下来的一行数字串是什么？

　　威廉·康威绞尽脑汁思考了几个星期仍不得要领，他不得不尴尬地向出题的小学生认输。当这个小学生公布答案时，威廉·康威立马瞠目结舌："天哪，原来是这样的呀！"

　　小学生的解释是这样的：下一行的数字串都是分段对上一行数字串进行直观说明。如第二行的11表示第一行有1个1，13表示第一行有1个3。同理，第三行的31表示第二行有3个1，13表示第二行有1个3；第四行的13表示第三行首先有1个3，21表示接下来有2个1，13表示接着有1个3……以此类推可知，接下来的一行数字串为：311311222113111231133222113。相信你

一定能领会分段数字的含义，它表示上一行的数字1113122113121113222113，从左往右数，依次是3个1，1个3，1个1，2个2，2个1，1个3，1个1，1个2，3个1，1个3，3个2，2个1，1个3。

怎么样？看似神奇的数列其实并不神奇，浅显直白，甚至一目了然。大数学家之所以被这个小问题难住，是因为他习惯性地把问题复杂化了，继而把自己困在思维定式的沼泽中难以自拔。

逻辑思维：

这道题的解答方法并不困难，其数学逻辑也十分简单。但威廉为什么思考了几个星期都没有解答出来呢？就在于他惯性地将问题复杂化，陷入了思维定式之中。所以，"方向比努力更重要"，面对一个问题时，我们首先要做的，就是找到解决问题的方向，那样我们的努力才有意义。

奇葩说：

我突然想起了难倒孔子的那两个小孩。"孰为汝多知乎？"这句话警醒着当年的孔子，也警醒着如今的我们。永远保持谦卑和求知欲，我们才能够不断前进。

● 最强大脑：

作者详细地论证了在现有科技下我们能对月球发动的攻击。虽然提出的方法很像"一本正经的胡说八道"，不过也可以看出作者十分关心现代科技，并且具备相当高水平的物理知识。

毁灭月球的N种方法

Ent

人类以前尝试过进攻月球的，2009年美国人以探测水的名义往上扔了一个LCROSS探测器，号称其冲击力有2吨TNT当量、能炸起350吨石头，最后还不是连个响都没有……地球上肉眼都看不到任何变化。

而且更重要的是，月球处在地球的引力场掌控范围内，炸掉什么东西落在地球上砸坏了花花草草就不好了！

所以，最保险的办法是，将它们化为齑粉。

所谓化为齑粉，换成物理学语言，就是让每一个原子都脱离其他原子的力作用范围。这里面最大的因素是引力势能。想象一下你把一个原子从月球上拿到无穷远，再把第二个原子也拿到无穷远，这么一直做下去，直到月球被拿光，全过程需要克服引力做的功都加在一起，这就是月球自身的引力势。

拿走 dm 质量需要的能量是 $dE = G\, m/r\, dm$，

对其积分可以得到 $E = G \int m/r\, dm$，

代入体积公式并求积分得到 $E = G (4\pi\rho/3)^{1/3} \times 3/5\, M^{5/3}$

再代入实际数据，从而计算出月球的引力势能大概有 1.2×10^{29} 焦耳。

相比之下，人类造出的最大炸弹——沙皇核弹只有 2×10^{17} 焦耳。这完全不够用的好吗！上哪去找6000亿个沙皇核弹啊！

如何炸掉月球？

虽然困难，但是我们必须发扬迎难而上的精神，所以我在此郑重提出如下方案供诸位有志之士参考。

寻找龟仙人和/或短笛大魔王，根据文献记载，他们在战斗力不到 400 的情况下就足以打爆月球。

建造死星。死星能一击毁灭阿德兰，消灭个月亮理当不在话下，但是白宫官方估计建造死星的花费是 \$850,000,000,000,000,000，花这么多钱只为炸掉区区月球的话未免有些浪费。更别提它还在设计上有致命缺陷——要是月亮也能靠一架单人战斗机就毁灭的话该多好……

偷换概念，把月球表面掀一层了事。沙皇核弹一颗足以炸平诸如洛杉矶或者纽约这样的大城市，但即便如此，根据 Maximilian Bode 的计算，夷平月球表面也需要 3975 颗……而且月球上根本就没有啥值得炸的东西啊！

众所周知，月球是奶酪做的，可以派一群老鼠上去把它吃掉。但是一只老鼠每百克体重每天只能吃下 15g 食物，要想在一年以内吃掉月亮，需要送去约 $6×10^{24}$ 只小鼠，或者说 10 摩尔的小鼠。的确，老鼠自己能生，最理想情况下一对老鼠两年就能生出这么多，再让它们吃一年就行了，问题是月球上没有这么多的空气和水啊……

把月球缩小然后装在口袋里偷走。遗憾的是，该方法已经被某个尖鼻子人类男性带领一群黄色圆柱形生物申请了专利保护。

使用分子解离设备（M.D.D.，俗名"小医生"），触发连锁反应，像消灭虫族母星那样消灭月球。因为该设施在本时空中并不存在，且其使用有可能波及地球本身而被否决。

把月球扔得远远的，谎称它已经被我们摧毁。其

数学迷情

23

逻辑思维：

　　文章的脉络还是十分清晰的。在计算了毁灭月球所需要的能量之后，作者依次列举了多种毁灭月球的方法。虽然这些方法没什么实用性，但是若未来人类真的要毁灭月球的话，倒是不错的参考。

脑洞君，请收下我的膝盖

奇葩说：

根据文中所列举的这些方法，我们可以得出结论，那就是：现在我们没有办法毁灭月球。不过，我们干吗要毁灭月球呢？一心想着毁灭月球的，恐怕应该是狼人一族吧。

基本原理很简单，只要推动月球加速，达到它那个高度上的第二宇宙速度，它就会脱离地球而变成一颗围绕太阳运转的行星。这样做需要的能量大概是把它炸成粉的几十分之一，但是没有本质区别，还是多得无法接受。

让月球掉下来，和上一种思路相反。月球之所以不掉下来是因为它在高速运动，所以给它减速就好了……但是第一，这样所需的能量和上一种办法相差不太多，第二，这将是地球有史以来面临的最大的撞击事件，此等竭泽而渔的行为是不可取的。

把月球涂成黑色，这样就看不见啦。现在月球表面的反射率从5%到18%不等，而不算黑洞这种东西的话，目前世界上最黑的能用的物质是一种纳米材料，反射率低于0.1%。如果涂到月球上会使它的视星等下降大约5级，但是即便如此满月时的月光还是远胜任何星光。我们急需另一笔经费来开发更黑色涂料……

不得不承认的是，以上所有方案哪怕集我全族之力可能都无法实现，区区几个人类国家更是痴心妄想，因此我认为这些传言只是人类的战略性忽悠。即便如此，这些讨论依然有重大价值——当我们的终极邪恶计划开始执行的时候，这些数据可以提供至关重要的参考。

励志的公式

苇 迪

● 最强大脑：

在大家看了太多的故事体心灵鸡汤之后，文章作者别出心裁，用数学公式来表达一个励志的道理，这样的方法想必能够让读者眼前一亮。

流传着这样一道励志公式：（1+1%）的365次方=37.7834。

在学生看来，这道公式有着独特的含义：现有的学习水平为"1"，如果每天在这个基础上多努力1%，获得的就是"1+1%"，一年365天，如果每天坚持这么做，也就是"1+1%"的365次方，一年下来的收获就会从原来的1增长到37.7834。

从量上来说，1%是个微不足道的数字，每天多做1%，对谁来说都不是难事。但若是坚持下去，每天如此，那么一年之后，这个毫不起眼的1%将会使一个人的成绩从1增长到惊人的37.7834。何为"量变引起质变"？此之谓也。

当然，在励志公式的反面，同样也有一道"消志公式"：（1-1%）的365次方=0.0255。也就是说，如果每天懈怠一点点、少做一点点，那么一年下来，成绩就会从原来的1，缩水到可怜的0.0255。

从表面看，（1+1%）与（1-1%）的差距并不大，不过是2%而已。但是，随着天长日久的演化，这两个数字带来的结果就有天壤之别。算算看，37.7834/0.0255=1481.57。这就意味着，多做一点儿所取得的成就，将是少做一点儿的上千倍。如此巨大的差距，令人震惊，更加令人深思。

记住这道励志公式吧，并且在每一个夜晚，我们临睡时，扪心自问：这道励志公式，你用了吗？

● 逻辑思维：

一个"励志公式"，一个"消志公式"两相对比，更加震撼，十分深刻地表明了文章主题，即量变引起质变。

● 奇葩说：

从明天起，为了自己的未来努力奋斗吧。哪怕只是每天比前一天进步1%。

● 最强大脑：

货币的排列组合，涉及的是数字的组合问题。虽然钱币的组合只是简单的加法运算，不过其中也有大学问，试想，若是印出17元、43元、87元的纸币，那我们平时的消费、找零该会多么混乱。

为什么人民币没有3元

／张小羁

网上一张罕见的3元面额人民币，让很多年轻人惊诧莫名。作为收藏品，这张只存在了9年的货币现在市场价可卖到9000多元。少见多怪，年轻人还是too young 啊。

不过3元人民币别说在中国罕见了，从古至今世界其他各国以"3"作为面额的货币也不多，因为货币面额的设计是有门道的，不然为什么印3元和7元的假钞很容易被识破呢？

货币面值，是神奇的排列组合游戏

古今中外，在钱币面额上使用得最多的是1、2、5、10这四个数字。一般来说，一个国家在确定钱币面额等次时，最高面额与其他各种面额之间是整倍数的关系。

货币面值是依据数学的组合原理设计的。在数字1到10里，有"重要数"和"非重要数"之分，1、2、5、10就是"重要数"，用这几个数能以最少的加减运算得到另外一些数。如1+2=3，2+2=4，1+5=6，2+5=7，10-2=8，10-1=9。其余的就是"非重要数"。而如果将四个"重要数"中的任意一个用"非重要数"代替，就出现有的数要相加或相减两次才能得到，比较烦琐。尤其是对于算术不太好的人来说，日常使用太不方便。

从概率学的角度看，在1至9的各种数字排列组合中，3的出现概率最多只有18%，而1、2、5出现

的总概率则为90%。如果使用面值为"3"的币种，在流通中呈现的概率约为16.7%，证明以"3"为面值的货币在实际流通中找零替代的作用并不显著，反会使货币的票面结构有失衡之感。

3元币其实姓"苏"

那为什么我们国家会出现3元面额的货币呢？

据考证，3元币于1955年3月1日开始发行。当时我们国家采取的是向苏联全面学习的方针，城市排水设施标准、档案管理办法都是跟老大哥学的。

当时苏联的卢布常用3的面额，我国也借鉴了卢布的面额体系。所以这个3元币还有一个文雅的名字，叫"苏三币"，委托苏联印刷。

此外，当时的第二套人民币本来设计的最高面额为100元，但为了预防在台湾的国民党大批量造假，就把人民币的最高面额限制在10元。

后来中苏关系破裂，为了防止苏方私自印刷"苏三币"，扰乱我国金融秩序，1964年，我国决定停止使用"苏三币"，并限期1个月内到银行兑换成其他面额的，将"苏三币"一律回收销毁，过期未收兑的一律作废。

"苏三币"就这样短暂地在历史上走了一遭，成为现在"物以稀为贵"的罕见收藏品。

中西方史上也有奇怪币值

"苏三币"虽然短命，但实际上我国货币面额使用"3"这个数字有悠久的历史。

西汉武帝时就铸造过名曰"三铢"的铜钱。这恐怕是世界上最早以"3"作为面额的货币了。以后历代都出现过3、30、300等面额的各种钱币。

汉武帝的爷爷汉文帝则铸造了"四铢"铜钱，而"4"作为面额也在我国历史上多次使用过。

6也没闲着。篡汉的王莽建立新朝，铸造的布货

逻辑思维：

　　作者主要从两个方面阐述了"为什么人民币不需要3元"。第一点是现有的人民币面额已经能够实现任何数字的组合，第二点是造3元纸币起不到节约成本的作用。

十品中的"中布六百",可能是世界上最早以"6"为面额的货币。

南朝陈宣帝时也曾铸过"太货六铢"铜钱,以后历代极少使用这个数字。不过解放前的国民党新疆省银行最后放了个大招,他们发行了面额为6000万元和60亿元的纸币。

7、8出现在钱币上极为罕见,而9在我国历史上冠以这个数字的钱币更是仅有一种,即王莽布货十品中的"次布九百"布币。

真佩服当时的人,一起吃饭AA的时候怎么算钱……

在国外,6、7、8、9这四个数字也很少使用在钱币上。不过他们还有一些更奇怪的币值。比如印度、罗马尼亚等也使用过3元的钱币,苏联和罗马尼亚的钞票中有15元的面额,美国还有25美分。

你看,忙活了半天,只省了两张钞票,而为了多印一种3元币,花费的制造、流通成本就多了去了。

所以,实际应用中,1、2、5、10元面值的货币就足够组合成1~9的所有数,找零完全没问题。以其10倍发行的20、50、100元等大面值货币的组合,就更加方便了我们的现金使用。

总之,由于有了这样聪明的面额设计,每个月发薪水的时候,财务都不能以"没有零钱"为由拒绝给咱发工资了。

举个例子,现在利用1、2、5元的纸币,可以在三张之内组成1~9元的数字:

1=1(1张)

2=2(1张)

3=1+2(2张)

4=2+2(2张)

5=5(1张)

6=1+5(2张)

7=2+5(2张)

8=1+2+5(3张)

9=2+2+5(3张)

假设这个时候我们再多加一张3元的纸币,1~9元的组成基本没变,节省不了多少纸币:

1=1(1张)

2=2(1张)

3=3（1张）（省1张）
4=2+2（2张）
5=5（1张）
6=1+5（2张）
7=2+5（2张）
8=3+5（2张）（省1张）
9=2+2+5（3张）

奇葩说：

　　我那天拿着一张十块的去商店买了七块钱的东西，店老板就找给我一张三块的，我现在终于知道为什么当时总觉得哪里不对了！我这就去找那个老板！

●最强大脑：

文章所列举的方法，都是数学中十分著名的定理或者猜想。作者对于这些方法的阐释也是十分严谨的。可以看出，文章的作者具有相当深厚的数学功底。

怎样用数学抓狮子

佚　名

数学方法

希尔伯特方法：我们将一个锁住的笼子放在沙漠的一个已知位置上，然后引入以下的逻辑系统：

公理一：撒哈拉沙漠中的狮子集不是空集；

公理二：如果撒哈拉沙漠里有一只狮子，那么笼子里就有一只狮子；

推理规范：如果 P 是一个定理，同时有"P 蕴含了 Q"，那么 Q 是一个定理；

定理一：笼子里有一只狮子。

反演几何学方法：我们在沙漠里放一个球形的笼子，然后走进去，之后对笼子进行反演变换。于是狮子在笼子里面，我们在外面。

射影几何学方法：我们可以不失一般性地将整个沙漠看成一个平面。我们将这个平面投影到一条线上，接着将这条线投影到笼子的一个内点。因此目标狮子便也被投影到这个内点上，也就是笼子里。

波尔察诺-魏尔斯特拉斯方法：用一条南北走向的线将这个沙漠分成两部分。那么狮子不是在东边就是在西边，不妨设它在西边；再用一个东西方向的线分割狮子所在的部分，于是狮子不是在这部分的南边就是在北边……无限次地进行这个操作，每一步都布下一个足够结实的围栏，而且所围区域的直径趋向于 0。于是这只狮子最终被包围在一个周长任意小的围栏里面了。

集合论方法：沙漠是一个可分空间，所以它包含一个可数的稠密点集，可以以此构造一个以狮子为极限的子序列。接着我们沿着这个子序列悄悄地接近它，然后用合适的东西海扁它！

皮亚诺方法：通过标准方法构造一条经过沙漠中每一点的连续曲线。我们已经知道，可以在任意短的时间内遍历这样的曲线。所以我们应该带上长矛，然后赶在狮子移动一个身长的距离之前飞速遍历整条曲线。

拓扑学方法：我们发现一只狮子至少有着环的连通性。我们将沙漠变换到四维空间中，便可将其以扭结状态变换回三维空间中，这样它便无计可施啦。

理论物理学方法

狄拉克方法：我们发现事实上野生狮子在撒哈拉沙漠中是观察不到的，因此如果沙漠中有狮子，那么它们一定是已经被驯服了的。在此我们将"抓住一头被驯服的狮子"作为一个练习留给读者。

薛定谔方法：任意时刻一定有一个微小的正概率使得狮子在笼子中，守株待兔吧！

核物理方法：将一只驯服了的狮子放进笼子里，对它和一只野狮子应用马约拉纳交换算符。作为一个变型，假如你非要一头公狮子，我们可以在笼子里放入一头驯服了的母狮子，然后应用海森堡交换算符，它将连同自旋一并交换。

相对论方法：我们在狮子周围撒下大量天狼星伴星作为诱饵。当狮子吃了足够多的时候，我们用一束光照射穿过沙漠——这束光在狮子周围会发生弯曲，于是它就会头昏眼花，我们便能够悄无声息地接近它了。

实验物理学方法

热力学方法：我们做一张半透膜——一张除了狮

逻辑思维：

虽然看起来这些方法都很搞笑，而且没有什么实际的效果，不过，弄懂这篇文章我们对一些数学概念的理解和定理的应用有不少好处。

子别的东西都能透过去的半透膜，然后用它横扫整个撒哈拉大沙漠。

原子裂变法：我们用慢中子辐射沙漠，于是狮子就带上了放射性，同时狮子会开始衰变。当衰变得差不多的时候，它便无力抗争了。

磁光法：我们种下大量猫薄荷，并排列成透镜形状，这个透镜的轴向与地球磁场的水平切向平行。接着再将笼子放在透镜的一个焦点处。我们将已经磁化了的菠菜种满整个沙漠——我们都知道菠菜含有大量的铁。菠菜会被沙漠的食草动物吃掉，然后这些食草动物会被狮子吃掉。于是狮子们都被磁场转到和地球的磁场线平行的方向，然后它们便能被猫薄荷透镜聚焦到笼子里面。

奇葩说：
　　这些方法都是无与伦比的高大上。不过，当一只狮子真的站在我们面前的时候，再好的方法都不如一杆猎枪好用。

做一个有翅膀的凡人

李庆桂

> ● 最强大脑：
>
> 我们也看了不少的科普文章，但这篇文章有一点点不同，文章在科普的同时，也告诉了我们现实与浪漫的关系，告诉了我们，要让孩子保留想象力的翅膀。

郁郁葱葱的丛林中，一位衣衫褴褛的少年正在独自跌跌跄跄穿行。这时候，从隐蔽的叶丛中晃出一只身形巨大的狗熊，狗熊看到这个鲜嫩的小猎物，兴冲冲地张开血盆大口，伸爪向单薄的少年扑来。说时迟，那时快，突然，凌空飞来一白衣女子，只见她水袖微扬、轻点玉足，砰砰两脚，竟把狗熊踹飞，狗熊落地激起尘土飞扬，连地面也为之颤三颤……

不错，此剪辑来自于正版《神雕侠侣》中，小龙女为救杨过"飞身踹狗熊"这一情节。

面对如此"惨烈"的场景，有一位对物理颇有研究的朋友脑洞大开，他说，小龙女这一脚踢得太有力道了，根据动量守恒定律：

$m_1v_1+m_2v_2=m_1v_1'+m_2v_2'$，亚洲狗熊体重在300斤左右，从狗熊腾起的高度、落地速度和角度来看，狗熊获得的水平速度在10m/s左右，小龙女踢完狗熊后，大约还有5m/s的速度，最后算下来，睡在纤绳上的小龙女的体重为600斤。

同样经不起推敲的笑点还有几例，拿来分享。夜看某剧，国王的爱妃是一只白狐，人妖不能共夫妻，分手成为最终结局。白狐甩尾转身离去，细观之，竟然是一种名叫萨摩耶的狗狗。而国王泪眼婆娑情深款款地望向狗狗萨摩耶，展袖哀凄地哭道："——爱妃，哪怕你是一只白狐，我还是爱你！"估计是此剧组经费欠缺，才小行此道。

数学迷情

逻辑思维：

作者在文章的前半部分列举了小龙女和圣诞老人的例子，通过科学的计算来表明例子中的设定不合理。第三个《纽约太阳报》故事则引出了文章要表达的主题，就是要做一个有翅膀的凡人，在内心中对美好的事物保留一份信任。

相比之下，圣诞老人就太富有、太超能了。据说，平安夜里圣诞老人要坐着雪橇送礼物，就有那么一些爱钻研的科学家特意研究了一下：

平安夜里，圣诞老人得带着全球约3.78亿孩子的礼物"起飞"，按每个小朋友收到的礼物重量不超过0.9公斤计算，这些礼物加起来足有37万吨；如果依照地球上每头驯鹿可以拉动135公斤重物计算，圣诞老人的雪橇需要21.4万头驯鹿来拉；感谢地球自转的帮助，这位老爷爷有31个小时，而不是24个小时来分发这些礼物；如果平均每家有3.5个孩子，他需要每秒钟到访822.6个家庭；为了按时完成任务，圣诞老人雪橇的行驶速度必须达到每秒1050公里，差不多是声速的3000倍。

"世界上到底有没有圣诞老人？"1897年，美国一个8岁女孩帕吉尼娅非常困惑地写信给《纽约太阳报》，当纽约太阳报社收到这封来信后，立即用社论的方式给予回答：

"我们不能只相信眼睛所看到的东西，不能用眼睛来怀疑心灵。因为人间最美的那些东西，或许我们看不见，却——藏在我们心中。爱、同情、诚实、诗意，这些我们都需要。所以，我们相信，而相信带给我们希望。所以，毫无疑问，圣诞老人是存在的。我们要让孩子从小有一个做天使的经历，不要让他生来就做没有翅膀的凡人。"

以上三个有趣的事例就其本质上来讲，涉及浪漫与现实之间的关联。何谓浪漫？浪漫就是仰望云端含露的鲜花。现实又是什么？现实就是把鲜花拽到陆地上扔到油锅中俯首炸油条。现实庸俗吗？浪漫有罪吗？我们不妨为它们做一次和解。没有现实提供给我们生活的根本，小龙女哪有力气踹狗熊，国王又靠什么能量哭得声嘶力竭？反过来说，如果没有圣诞老人的美丽传说，生活中又会削去多少可圈可点的诗情画意？鲜花悦目，油条果腹。现实是浪漫的基础，浪漫是现实的外延。拥有浪漫，我们的想象不至于枯槁成为岁月中颤颤的老草，那些爱和美好如同婴儿的小手触动着我们的心，软软的，甜甜的，携带着奶香的气息。谁又能否认，在自己的心灵绿岛上，没有藏匿一个有关"桃花弦雨流水轻舟"的梦想？

《纽约太阳报》的回复引导我们的心灵走向：在现实的土地上，做一个有翅膀的凡人，凡事相信，凡事盼望。

奇帅说：

应该谢谢《纽约太阳报》的编辑们，他们用一个极佳的回答保住了提问题的小女孩的翅膀。保留一份对美好事物的信仰，这个信仰会带给你奇迹与希望。

● 最强大脑：
虽然这是一篇科普文章，不过作者是以小品文的手法去写的。读之感觉轻松活泼，让读者有身临其境之感。

"乌鸦喝水"故事里藏着数学秘密

Ada 徐

脑洞君，请收下我的膝盖

伴随中小学学科教学改进意见的"出炉"，北京多所中小学的课堂正在悄悄发生变化。日前，《现代教育报》记者在北京市十一学校亦庄实验小学（亦庄实验小学）看到，特级教师徐辉把科学实验搬进数学课堂，孩子们在动手动脑的过程中，充分享受学习的乐趣。

"乌鸦喝水"是个数学故事

"同学们，看着这张图片你们想到了什么？"徐辉老师指着电子屏幕上的图片问道。"乌鸦喝水。""谁能讲讲这个故事？"在徐老师的邀请下，一个学生绘声绘色地讲述了《乌鸦喝水》的故事。

"很好。请问同学们，乌鸦为什么能喝到水？"老师话音刚落，一个学生说道："刚才讲了，因为放了石头啊！""那你们有没有想过，为什么放了石头乌鸦就能喝到水？"老师的问题让学生一愣，接着有人说道："因为放入石头，瓶子里的水面升高了，所以乌鸦最后能喝到水。""说得很好，请同学们再思考一下，石头为什么使水面升高？""我知道，因为石头占有一定的空间，它的空间把水挤压上去了。"一个学生抢答道。

"哦，按照你的说法，《乌鸦喝水》这个故事里面还藏着这么个数学秘密。"徐老师的数学课正式拉开帷幕。

动手动脑的数学更有趣

为了帮助学生形象地理解"物体占有一定的空间"这一概念，徐辉老师准备了两个烧杯和苹果、梨、橡皮等物品。"同学们想一想，用这些实验器材怎么证明物体占有一定的空间？"接下来，孩子们分成小组讨论方案，并开始实验。

只见一组学生分别在两个烧杯中装满同样多的水，并把苹果和梨分别放入烧杯中。"看，装苹果的烧杯水面高，所以苹果占的空间比梨大。"一个学生急急忙忙给出答案。"不对，烧杯中的苹果和梨都漂在水面上了，不能说明问题。"另一个学生立刻反驳。

"那我用铅笔把它们压入水面以下。"听到反驳，学生立刻纠正。"也不好，铅笔也占有一定的空间。""还是换两个能够沉入水底的物体比较好。"孩子们七嘴八舌讨论开了……调整实验方案后，孩子们得出结论：在水一样多的情况下，如果两个物体沉入水中，大的物体占的空间大。

"老师，我有个问题。如果两个物体大小一样，重的物体会不会比轻的物体占的空间大？"一个学生怯生生地提出疑问。"我们用实验来验证一下吧。"徐老师拿出一样大小的橡皮和铁块，让学生重复前面的实验。大家发现：两个物体水面是一样高的。

"这说明什么？谁能用简洁的语言概括一下？"徐老师请学生总结。在几次尝试之后，学生终于说出："物体占有空间的大小与重力无关，与物体大小有关。"

"老师，除了这种方法，有没有具体的单位可以帮助我们比较物体的大小？"学生的积极思考将课堂引向深入……

学科融通打破学习边界

"这个年纪的学生充满了好奇心，把小实验搬进数学课，孩子们通过观察、思考、动手操作得出的结论，

逻辑思维：

文中的数学老师没有平铺直叙地讲知识。而是引导学生自己去思考，并通过实验来探究故事背后蕴含的哲理，这样既使课堂轻松有趣，也加深了同学们的理解。

奇葩说：

"乌鸦一趟一趟地从小河边叼来了石子，投入水瓶中，水位上涨了，乌鸦最终喝到了水。"这就是"乌鸦喝水"的故事。我想说的是，乌鸦难道没有注意到故事里有一条小河吗？

比空洞地记忆效果好得多。"徐辉老师说。

随着年级的升高，很多孩子对数学的兴趣越来越小。这让很多老师感到疑惑。为什么数学无法吸引学生？徐老师认为，要从根本上解决这一问题，就必须让数学课变得亲近、有趣，让孩子们觉得数学有用，能解决问题。

记者看到，在整个实验过程中，徐老师没有过多地干预学生。而是通过耐心引导，给学生充分的时间去观察、发现、校正。

"让学生从头到尾独立思考问题就是在培养学生会学习的核心素养。"徐辉说，实验最后学生提出用具体单位比较物体大小的想法，充分说明孩子们已经不满足于观察实验，而是积极思考能否用更精确的测量方法解决问题。"孩子们的探究欲望被激发出来，学习的潜能就是无限的。"徐辉说。

心理暗战

就像变色龙的保护色、枯叶蝶的巧伪装一样，人们的内心真实的活动常常隐藏在层层掩饰之下。人心即江湖，如何看穿风平浪静下的波云诡谲？如何通过细微的动作察觉到对方的真实想法？揭开面具下的真实，探寻迷雾后的真相，我们会一直在路上。

● 最强大脑：

酒杯上的小雨伞，的确是让人有些莫名其妙。也许会有人好奇它的来历，但很少有人认真地去探究。有了作者的这篇文章，我们今后就可以对同伴解释了。这个小伞真的就是为了让这杯酒好看一些。

酒吧为什么要在饮料上放把伞

林 下

通常情况下，酒吧的酒杯上总会插着一把漂亮的小雨伞。在男人们看来，这完全是一个廉价而没有任何意义的小装饰，他们会一边抱怨一边把它丢掉。其实，在过去，小雨伞曾经"肩负重任"。

酒吧刚刚诞生时，只有男人才会到酒吧厮混。好吧，在西部也有不少女孩，酒店里也有女招待。当然，你在酒吧中偶尔也能遇到一些臭名昭著的女人，但是，真正的美丽女人不会在酒吧出现。

什么？酒吧里没有女人？这完全是在挑战世俗男人的底线！

最终，调酒师和商人意识到，原本所有成人都是他们的潜在客户，可他们只招徕了 50% 的客人。不管你相信与否，鸡尾酒酒杯上的雨伞，有助于解决这一问题。

早在 20 世纪 30 年代，为招徕女性顾客，像交易者维克和唐家这样的豪华酒店里的调酒师们，就想出了一个非常聪明的办法——他们调制出五花八门的鸡尾酒，并在酒杯上配上一把可爱的彩色小雨伞。

这是一种新的营销策略？当然是的，而且它非常有效！酒吧向女性伸出橄榄枝后，越来越多的女士出现在酒吧中。20 世纪 50 年代到 60 年代，夏威夷文化热潮掀起，四处可见充满异域情调的装饰、饮料和以波利尼西亚文化为主题的餐厅及俱乐部。女士和雨伞也成为酒吧的一部分，留了下来。

实际上，不少人偶尔还是喜欢饮用一些插着小雨伞、有着清新果味口感的酒水。不过，为捍卫他们的男子气概，男人们为这种小雨伞想出了各种各样的功用。有的人认为，鸡尾酒上面的雨伞可以让那些冰冷的泡沫逃过太阳辐射，还有人认为，雨伞可以防止饮料中的酒精过快挥发。

难道这仅仅是一杯酒，难道这些小雨伞没有一点点科学依据？其实，最真实的原因，可能是这些五颜六色的遮阳伞能让人眼前一亮。

来吧，让我们面对现实吧：我们偶尔也喜欢喝点这样的酒，它们的原料是白色沙滩上的椰子、菠萝和黑樱桃，它们闻起来像防晒乳液，但口感真的不错。

逻辑思维：

酒杯上为什么要放一把小雨伞？作者的方法和庄子当年说过的话是一样的——"归其本"。就是回到它被放在酒杯上的那一刻，看看是什么原因，让它被放上酒杯的。

奇葩说：

一把小雨伞带来了不少问题呢，自从酒吧开始想方设法吸引女士进入之后，越来越多的男士进入酒吧的目的变成寻找漂亮姑娘了。难道酒吧不应该是个好好喝酒的地方吗？

> ●最强大脑：
>
> 文章论述有条有理，而且十分清晰明确，具有可操作性。想要写出这样的文章，可不是简简单单看几部好莱坞电影就可以的，需要具有相当丰富的编剧方面的知识。

好莱坞影片炼成记

张 跃

在好莱坞，电影也被称为"项目包"，剧本是这个"项目包"中最初的组成部分，扮演着整个项目中推销员的角色，而推销业绩的好坏则取决于这个剧本是否有一个出色的"钩子"或一个绝对的稳赚因素。

所谓"钩子"，就是一部电影的概念、一个能引出故事的崭新想法，这个想法会令制片人想要迫不及待地读到剧本，也会令观众渴望看到这部影片。电影《生死时速》就有一个出色的"钩子"——一辆满载乘客的大巴上有一颗炸弹，它会在车速低于80公里每小时时爆炸。

一个好的"钩子"是一个剧本有可能被拍成电影的重要因素，但它并非必要条件。有些剧本即便没有什么出色的"钩子"，最终也被拍成电影，其中的秘密就是它有一个比"钩子"更重要的稳赚因素。

稳赚因素就是让投资人相信观众愿意为之把口袋里的钱换成电影票的因素，例如明星、导演、已经在出版界大获成功的原著小说等。

史蒂文·斯皮尔伯格读到了一本讲述一个纳粹党徒从大屠杀中救了成百上千的犹太人的小说，这个故事本身并不是一个多么与众不同的"钩子"，但因为斯皮尔伯格几乎没拍过一部失败的影片，所以，就凭他这个稳赚因素，《辛德勒的名单》顺利成片并成为经典。

无论"钩子"还是稳赚因素都只是剧本的一个要

素，一个剧本最终能被拍成电影还是要依靠具体的情节、人物，以及无数细微但同样重要的细节。

在好莱坞的编剧法则中，每个电影故事的情节大多包含这几个元素：一个主要人物；一个令观众关心的目标（风险/赌注）；主要人物需要冒足够大的危险；在危险之中，主要人物需要经历至少一个、最好三个阻碍。

人物的设计也有类似的基本法则。一般情况下，需要有一个主角，一个同主角对立的人，主角身边要有一个爱慕对象或密友，而对手身边也需要有跟班，所有的人物都要尽可能地给观众带来新鲜感——电影《夺宝奇兵》中凯伦·艾伦所扮演的女主角就足够新鲜，她不仅酒量惊人，还能一拳将男主角打翻在地。

但是，再新鲜的人物也需要足够真实的细节，对于这一点，在好莱坞的编剧圈内，流行的说法是："你可以从一个人处理三件事的方式上来了解这个人：赶上下雨天、丢失了行李以及见圣诞树装饰彩灯缠绕在一起。"

剧本的格式、页数，甚至装订方法也影响着它受欢迎的程度。例如，无论电子版还是影印版，剧本必须是打印格式，字号为12号，不要使用黑体字；一部长篇电影的剧本应该在100页到115页，因为按照标准的剧本格式，每一页剧本相当于一分钟的电影时长。

这时，一个剧本距离能否被拍成电影就只剩下了最后一步——能否找到愿意出钱的制片人。在此过程中，编剧需要找到一个靠谱的经纪人，根据行规，经纪人会收取编剧薪酬的10%作为酬劳。而在经纪人寄出剧本之前，编剧还要为自己的作品注册版权。

逻辑思维：

作者在文章中对"写一部好莱坞电影剧本的过程"进行了详细的说明。主要分为下面几步，第一步是设置"钩子"，第二步是任务设计，第三步是剧本格式和页数的设置，最后一步就是找制片人和注册版权了。

奇葩说：

太好了，有了这个秘籍，就可以写剧本，进军好莱坞，走向人生巅峰了！

"石头剪刀布"的制胜诀窍

/林革

● 最强大脑：

真正能把"石头剪刀布"玩到出神入化，立于"不败之地"的人几乎没有。因为大家都不想花费时间去研究它。不过，小游戏中蕴含的可是概率学和心理学的高端知识。

"石头剪刀布"这个游戏在民间非常流行，是极为常见的随机游戏。这一游戏的规则简单而直观：石头磕剪刀，剪刀裁布，布包石头。从表面上看，没有哪一种手势绝对占优，三者之间互相制约，形成一条公平的"输赢连环套"。也就是说，游戏者随意出"石头剪刀布"中的任何一种手势，胜、负、平的概率各为1/3；所以，这个游戏也常常被作为公平决胜的方法。

小游戏大玄机

然而，科学家经过研究后认为，这个貌似公正的游戏存在明显缺陷，也就是说，只要精明的游戏者掌握对方的心理状态和其中的概率规律，就会不断占得先机，使胜利的天平始终向自己倾斜。

这项研究最近入选了《麻省理工科技评论》2014年度最佳成果，成为中国第一项入选的社科领域成果。研究采用经济学控制性实验方法，将"石头剪刀布"这一家喻户晓的游戏作为框架进行实证研究，其中包含了物理学、心理学、神经科学等领域的内容。

在研究中，360名研究对象被随机分成6组配对，玩"石头剪刀布"游戏。通过观察统计，研究人员最终发现了获胜者或失利者习惯使用的游戏策略。这项研究是对人们玩"石头剪刀布"方法的第一次大规模测量，揭示了其中隐藏的行为模式，聪明的人可以利用该模式提高自己的胜算。简单来说就是，"石头剪刀布"这个游戏存在取胜诀窍。

取胜的诀窍

在"石头剪刀布"这个游戏中,取胜的诀窍到底是什么呢?

诀窍之一:在游戏开始前,必须先分析对手的性格特征与出招偏好。如果对手属于认死理不服输的倔强型,那么,他选择连续出同一招式的可能性会很大,比如,不管胜负,连续出"石头"。只要抓住这个弱点,决策时多出这招的克星(如"布"),己方获胜的概率会大大超过 1/3。

当然,在实际操作中,这种碰了南墙不回头的人很少,那么,这时你的决策就应该做一些调整。研究显示,男性和女性在进行该项游戏时的首选并不相同:多数男性在第一局习惯出"石头",这是因为石头是最具攻击性和侵略性的象征,符合男性的性别特征。因此,女性面对居高临下、气势逼人的男性对手时,不妨直接以"布"应对,由此获胜的概率必然会提高。

诀窍之二:若是多人随机进行游戏,那么,提高己方不出局概率的方法是:先出"布"。统计数据表明,人们出"石头""剪刀""布"的概率分别是35.4%、35%和29.6%,其中出"石头"的可能性最大,出"布"的可能性最小;因此,先出"布"胜出的概率更大。

研究还表明,如果对手第一局出"剪刀"获胜,那么,第二局还会习惯性选择同样的招式。因此,第一局处于下风的参赛者需要快速变招,毫不犹豫地使出制胜招式——"石头",以求后发制人。

当对手是没什么经验的新手时,他们往往跳不出模仿的桎梏,亦步亦趋,跟随对方上一次的招式。弄清这种心理,在游戏中稳操胜券亦非难事。

诀窍之三:第一招往往和游戏的胜负关系重大;但游戏双方都不知道对手会先出什么,所以,第一招

逻辑思维:

文中主要强调了几点,一是分析对手的性格,二是要善于观察细节,三是要善用"出其不意"。"实者虚之,虚者实之",猜拳游戏的制胜法则中,融合了道家学说的至高道理。推而广之,这套"制胜法则"几乎可以应用于所有的对手竞技场合。

的决策确实与运气有关。否则，这就不是游戏了。即便如此，大多数人在游戏中还是有出招偏好和征兆的，而且这种偏好和反应是不自觉的。比如：对手准备出"石头"时，所有手指会下意识攥紧；如果准备出"布"，所有手指会自然放松。如果是个有心人，在平时或非正式比赛时，留心观察并稍加统计，那么，在第一招就选择对手偏好的招式的克星，因此获胜的概率仍会大于 1/3 这个平均值。

诀窍之四：一般来说，如果双方在第一招出现和局，比如双方都出"石头"，大多数人不会连着出同一招。根据这个假定，对方可能选择的第二招只有"布"或"剪刀"，那么只要出"剪刀"，便可保证不败。如果对手第二招也出"剪刀"，则第二招又出现平局。还是按照大多数人不会连续出同一招式的假定，则对方第三招可出的只有"石头"或"布"，因此，此时的你只要出"布"，便可保证不败。为了方便大家在游戏中快速操作，可以记住下面的口诀——"石头、剪刀、布"。意思是，你出招的顺序就按照这一顺序依次展开。如你和对手同时出"剪刀"，那么下一招就出"布"，再下一招就出"石头"，接着再出"剪刀"……如果你和对手同时出"布"，那么你下一招就出"石头"，再下一招就出"剪刀"……

常规之外的诀窍

当然，这些只是常规性的取胜诀窍，也有一定的局限性，比如对方必须具备理想的特征，但实际情况的复杂性远远超出人们的想象，而且记忆起来比较烦琐，这些都会或多或少影响到取胜策略的实用性。那么，有没有更为简捷且易于操作的取胜秘诀呢？回答是肯定的。

英国《新科学家》杂志的报道称，若游戏中对手实力较强，你必须另辟蹊径，才能出奇制胜。通俗地解释，就是首先出"剪刀"。

研究表明，在"石头""剪刀""布"这3种招式中，"剪刀先胜"策略是有心理学依据的。人们最常出的第一招是"石头"，这意味着，如果你的对手稍微精明一些，通常第一招就不会选择出"石头"，而会选择出"布"。假如你出"剪刀"，就可出其不意获胜。关于其中的心理分析不仅极具说服力，而且有一件著名的事例加以佐证。

2005 年，日本某收藏家打算拍卖一幅印象派名画，但在该委托给哪家拍卖行时颇为踌躇，不知该选择著名的索斯比拍卖行，还是克里斯蒂拍卖行。最后，他决定让两家拍卖行的代表以"石头剪刀布"的方式决胜负。为了获得拍卖权，克里斯蒂拍卖行的行政主管向员工及其家属寻求制胜策略，主管 11 岁的女儿建议父亲先出"剪刀"，因为"每个人都以为你会先出'石头'"。事实证明，小女孩的判断完全正确。克里斯蒂拍卖行的代表用一个"剪刀"手势，迫使索斯比拍卖行不得不退出竞争。

　　研究人员表示，一旦游戏开始，除了上面提到的先出"剪刀"胜算最大外，还有一些窍门能保证玩家稳操胜券。比如，采用"双重诡计"策略，试着连续出同样的招式，比如"剪刀"，并且直接告诉对方你准备继续出这招，然后果真这样做。一般情况下，没人相信你会这么做（出"剪刀"），因此他们反而不会选择能打败你的那招（出"石头"）。也就是说，对方出的就是"剪刀"或"布"中的一种，那么你或平或赢，总之不会输。

　　类似的，如果上一回合赢了对手，这次就选择能胜出自己上一回合的招式。其中的逻辑是，对手会下意识地更换与上一失败招式不同的新招。这样一来，此轮即使不赢，至少也不会输。而当第一次平局之后，你也可以尝试"跟随"对手出招，即假如对方上一次出"石头"，这一次，你不妨出克制"石头"的"布"；这样做的依据是，玩家潜意识中会不自觉跳出打败自己上一次的招式（出"布"）。这样做，至少可以保证你处于不败之地。

命咖说：

　　要说实用，这篇文章的实用性应该是全书最高的了吧。学会了这个，再遇到猜拳的场合，我们可就"无往不胜"啦！哈哈，我先去买一个"终端分歧机"，以后的问题就靠猜拳解决了！

● 最强大脑：

由FBI的"约谈"来切入话题着实可以吸引读者的眼球。毕竟，谁不想进一步了解一下"高大上"的FBI的办案方式呢？"约谈"过程中的"心理战"描写十分细致，可见作者熟谙心理学方面的各种知识。

FBI为什么常把谈话安排在下午 / 杜丽丽

美国联邦调查局的研究人员研究发现，到了傍晚，人们的紧张感或是自制力都变得松懈，往往会不经意地将秘密说出来。

"我们FBI探员将傍晚视为套取他人口中真话的最佳时段，所以也将大多数套取嫌疑人口供时间选择在下午。尤其是傍晚的时候，人们的紧张感、自制力都会松弛，习惯感情用事，所以很容易说出自己的秘密。虽然说下午时间有限而显得有些仓促，可是对付一般人还是绰绰有余的。"

FBI探员们对下午的时间十分重视，通常都会将与被调查人员约谈的时间安排在下午，其实在下午进行约谈也是探员们为被约谈对象设下的一个"时间陷阱"。

在约谈过程中，压力就像空气一般遍布约谈室的每一个角落。探员与被约谈对象之间都在明里或暗里地给对手施加各种压力。他们彼此都清楚，顶不住压力的一方将无法笑到最后。而此时，时间就是探员们的力量。虽然下午的时间短，不能谈更为深入的话题，可时间短也给被约谈对象带来了压力，从而影响他们的精神状态，在被约谈对象想要尽快结束约谈时，就不得不做出让步，出现一些错误，并最终主动交代案情。

这种情况，在超市或市场的经营中也能看到。通常很多超市和商场都会在傍晚的时候打出特价或半价

逻辑思维：

文章首先解释了标题中提出的问题，即FBI为什么常把谈话安排在下午。之后，作者进一步阐释了这一"时间陷阱"中的"心理战"。文章的末尾，将话题引入日常生活，使得文章的实用性大大增强。行文层层展开，说理清晰明朗。

的牌子来吸引顾客的购买。很多人都认为，超市或商场是因为害怕自己的食品当天晚上卖不出去才做出此种行为。其实，原因并非如此简单。降价只不过是吸引顾客来商场和超市的一种手段，他们是想利用消费者在傍晚的自制能力下降而达到刺激消费的目的，以使顾客多购买一些其他的东西，哪怕是多余的商品。调查显示，消费者的购物冲动大多发生在傍晚。因为在理性的支配能力下降后，感性会毫不掩饰地表露出来。

奇葩说：

我觉得，咱们估计很难遇上被FBI"约谈"这种事情了。那么，咱们最需要做的，就是不要在下午逛街以及浏览购物网站，否则，很有可能会不停地"买买买"。

● 最强大脑：

任何事物都有它的来处，只有探寻到它的起源，你才能真正明白，为什么这个东西会是这样的。认清万物的来处，明了未来的发展方向，这应该是作者最想告诉我们的道理吧。

马屁股决定铁轨宽度

/岑 嵘

也许你正在看电视剧。刚刚播放的一集电视剧也许是 42 分钟，也许是 43 分钟，这有什么区别呢？你也许还想到，并不是所有的电视剧都是 45 分钟左右，你最近看的韩剧就是 60 分钟一集，这里头有什么特殊之处呢？

在很久以前（最早的电视剧出现在 80 年前，而最早的电影出现在 100 多年前），胶片卷盘的片盘，一般可以容纳 15 分钟的容量。技术制约形成习惯，因此电影或电视剧的长度一般都是 15 的倍数。短片一般为 15 或 30 分钟，故事片一般是 90 分钟或者 105 分钟，电视剧一般为 45 分钟。

但真正的问题来了：利用 15 分钟的片盘是很早的事情了，拍摄电视剧后来使用的是磁带，而如今电影电视剧使用的则是数字技术，根本不会受到这 15 分钟的制约，为什么电视剧仍然大多是 45 分钟左右一集呢？

现在，说书先生退场，经济学家上场。这里面的原因，就是经济学上的"路径依赖"原理。它的含义是：有些事情当你做出了第一个选择，那么未来的道路就被不可逆转地决定了。影视业从叙事、制作、发行到终端等各个环节都已经适应了这个时间长度，因此改变意味着巨大的成本。

最能说明"路径依赖"原理的例子就是铁轨轨距。美国使用的铁轨轨距是 4.85 英尺，这是从何而来的

呢？原来这是英国铁路的标准，因为美国早期的铁路都是英国人设计建造的。那么英国的标准又从何而来呢？答案是最初的英国铁路是由建电车轨道的人设计的，而 4.85 英尺，就是电车轨道的标准。

我们继续溯源，电车轨道的标准从何而来？原来最早是以马车的轮宽做标准。那么马车的轮宽——这个该死的 4.85 英尺究竟从何而来？答案在古罗马人手里。4.85 英尺正是古罗马战车的宽度。那么古罗马人为何使用 4.85 英尺作为战车的轮距呢？谜底就是 4.85 英尺是两匹拉战车的马的屁股宽度。

这个说法你也许觉得过于故事性，但这大半是有史可查的事实：1937 年铁路轨距的国际标准就是 143.5 厘米（4.85 英尺），而这就是沿袭了美国 1835 年的规格，而美国最早的铁轨就是承袭了英国的规格。而据英国第一条蒸汽机推动的铁路的设计师 George Stephenson 的儿子 Robert 后来在国会上回忆说：143.5 厘米轨宽也不是他父亲定的，而是从家乡地区承袭来的。他说 143.5 厘米的轨宽，"没有任何科学理论上的依据，纯粹是因为已经有人在用了"。

今天你坐在宽敞的日本新干线或者中国高铁中，你脚下的铁轨轨距，正是两个马屁股的宽度——143.5 厘米。历史就是这样不可思议，45 分钟的电视剧也是由工业时代的一卷胶片决定的，就像一英尺的长度是由一位国王的鼻尖到手指的长度决定的。

逻辑思维：

本文使用的正是"归其本"的手法，回到一切事物最开始的地方，弄清它们的起源，是解释这个事物现状的最佳方法。

奇葩说：

想想也真有意思，要是当初古罗马的马屁股再大一些，我们今天的铁轨宽度就会再宽一些了。要是那位国王鼻子再高一些或低一些，手指再长一些或短一些，今天的"一英尺"也会变得完全不同了。历史就是这样，每一个现在的事物都有它的来处，而这个事物的最初形象往往是由偶然因素决定的。

●最强大脑：

这篇文章中，为了讲清"八卦"和"画饼"的起源，作者一直追溯到了原始社会。看来，这两项技能真的是人类天生就带来的啊。

如果不八卦，人类根本进化不了

/佚 名

你认为一群历史学教授碰面吃午餐的时候，聊的会是第一次世界大战的起因吗？

而核物理学家在研讨会中场茶歇的时候，难道讲的会是夸克？

确实有时候如此，但更多时候其实讲的是哪些人想当上系主任或院长，或者又有哪个同事拿研究经费买了一辆雷克萨斯之类。

八卦通常聊的都是坏事。然而，如果一大群人想合作共处，"说坏话"这件事可是十分重要的。大约在7万年前，现代智人发展出的语言技能，让他们能够八卦达数小时之久。这下，他们能够明确得知自己部落里谁比较可信可靠，于是部落的规模就能够扩大，而智人也能够发展出更紧密、更复杂的合作形式，因为智人主要是一种社会性的动物，对于个人来说，光知道狮子和野牛的下落还不够，更重要的是要知道自己的部落里谁讨厌谁，谁跟谁在交往，谁很诚实，谁又是骗子。就算只有几十个人，想随时知道他们之间不断变动的关系状况，所需要取得并储存的相关信息量也十分惊人。如果是个50人的部落，光是一对一的组合就可能有1225种，而更复杂的其他社会组合更是难以计数。

总之，在今人看来八卦是谈资，其实八卦过去曾是人类的生存技能之一。

用"画饼"解放人类生产力

以上谈到的八卦理论,总有部分属于事实。然而,人类语言真正最独特的功能,并不在于能够传达关于人的信息,而是能够传达关于一些根本不存在的事物的信息。

按现在的话说,就是"画饼"。

据我们所知,只有智人能够表达从来没有看过、碰过、耳闻过的事物,而且讲得煞有介事,比如,不论人类还是许多动物,都能大喊:"小心!有狮子!"但智人就能够说出:"狮子是我们部落的守护神。""讨论虚构的事物"正是智人语言最独特的功能。

相较之下,大部分人都会同意只有智人能够谈论并不真正存在的事物,相信一些不太可能的事情。就像不谙世事的职场新人会相信老板"画饼"一样。

如果你跟猴子说,只要它现在把香蕉给你,它死后就能到某个猴子天堂,有吃不完的香蕉,它还是不会放手。但这有什么重要的?毕竟,虚构的事物可能造成误导或奉行,带来危险,我们都知道时间宝贵,拿来向根本不存在的守护神祷告岂不是一种浪费?何不把握时间吃饭、睡觉、亲亲抱抱?

然而,"虚构"这件事的重点不只在于让人类能够拥有想象,更重要的是可以"一起"想象,编织出种种共同的虚构故事,甚至连现代所谓的国家其实也是一种想象。

这样虚构的故事——"画饼",赋予智人前所未有的能力,让我们得以集结大批人力灵活合作。虽然一群蚂蚁和蜜蜂也会合作,但方式死板,而且其实只限于近亲。至于狼或黑猩猩的合作方式,虽然已经比蚂蚁灵活许多,但仍然只能和少数其他十分熟悉的个体进行合作。智人的合作则不仅灵活,而且能和无数

逻辑思维:

文章要论证的问题有些超乎一般人的理解了。所以,必须要拿出完整并且翔实的例子来论证自己的观点,这样才能使人信服。那么,看完这篇文章后,你是不是已经被说服了?

陌生人进行合作。正因如此，才会是智人统治世界，蚂蚁只能吃我们的剩饭，而黑猩猩则被关在动物园和实验室里。

所以从某种意义上说，"画饼"也能解放人类生产力，因为"画饼"是人类的天性。

不爱八卦的人都死于种族屠杀

无论八卦，还是画饼，只要掌握了其中一项技能，就能让部落规模变得更大。

黑猩猩可以说是人类的表亲，而它们通常是几十只生活在一起，形成一个小族群。它们一起打猎，一起抵抗外面的狒狒。

如果两只公猩猩要争夺首领地位，通常会在族群中不分公母各自寻求支持者，形成集团。集团成员的连接就在于每天的亲密接触，像拥抱、抚摸、接吻、理毛、互相帮助等。就像人类在选举的时候得到处握手、亲亲小婴儿，如果哪只黑猩猩想要争夺首领宝座，就得花上许多时间拥抱、亲吻黑猩猩宝宝，还要拍拍它们的背。

很多时候，公猩猩能坐上首领宝座不是因为身体更强壮，而是因为领导的集团更庞大也更稳定。

以这种方式形成并维持的黑猩猩族群，大小有明确的限度。这种做法要能运作，族群的每只黑猩猩都得十分了解彼此，在自然条件下，黑猩猩族群一般由20～40只黑猩猩组成。而随着黑猩猩成员数量渐增，社会秩序就会动摇，最后造成族群分裂，有些成员就会离开另组族群。

只有在极少数情况下，曾有动物学家观察到超过100只的黑猩猩族群。至于不同的族群之间，也就是不八卦的族群之间，不仅少有合作，而且往往会为了领地和食物打得死去活来。研究人员就曾记录到，在不同族群之间可能有长时间的对抗，甚至有一个"种

> **奇葩说：**
>
> 爱八卦，爱吹牛的同学们，你们的春天来了。科学证明，你们具有两项人类生存必备的技能，而且技能很突出。

族屠杀"的案例,一群黑猩猩有系统地几乎杀光了邻近的另一群黑猩猩。

类似的模式很有可能也主导了早期各种人类物种的社会生活,其中也包括远古的智人。人类也像黑猩猩一样有着社会本能,让我们的祖先们能够形成友谊和阶层,共同打猎或战斗。然而,人类的社会本能也和黑猩猩没有什么不同,只适用于比较亲近的小团体。等这个团体过大,社交秩序就会崩坏,使团体分裂。就算有某个山谷特别丰饶,可以养活500个智人,但他们绝对没有办法和这么多不够熟悉的人和平共处。他们要怎样决定由谁来当首领,谁又能和谁交配呢?

要解决以上问题,要等到智人掌握了八卦的能力之后。

八卦令部落稳定,"画饼"让社会发展

固然,八卦和"画饼"都不是好习惯,但八卦能让部落更稳定。

另外,社会学研究者指出,只要在150人以下,不论社群、公司、社会网络还是军事单位,只要靠着大家都认识,彼此互通消息,就能够运作顺畅,而不需要规定出正式的阶层、职称、规范。不管是30人的一个排,甚至是100人的一个连,几乎都不需要有什么正式纪律,就能靠着人际关系而正常运作。正因如此,在某些小单位里,老兵的权力甚至比士官更大。一个小的家族企业,就算没有董事会、CEO或会计,也能经营得有声有色。

然而,一旦突破了150人的门槛,结果就大不相同。一个师的军队,兵数达到一万,就不能再用带排的方式来领导。而许多成功的家族企业,因为规模越来越大,开始雇用更多人员的时候,就碰上危机,必得彻底重整,才能继续成长下去。

所以,究竟智人是怎么跨过这个门槛值,最后创

造出了有数万居民的城市，有上亿人口的帝国？这里的秘密很可能就在于虚构的故事。就算是大批互不相识的人，只要同样相信某个故事，就能共同合作——也就是"画饼"。

如果我们说：原始人因为相信鬼神，每次月圆时会一起聚在营火旁跳舞，于是也巩固了他们的社会秩序；这件事人人都觉得不难理解。但我们没看出来的是，其实现在社会运作的机制还是一模一样。以现代商业领域为例，商人和律师其实就是法力强大的巫师。不同于过去部落巫师的地方，是现代人的故事更扯。

如果一对一，甚至十对十的时候，人类比不过黑猩猩。我们和黑猩猩的不同，要在超过150人的门槛之后才开始显现，而等这个数字到了1000或2000，就已经是天壤之别。如果我们把几千只黑猩猩放到纽约股票交易所、国会山或者联合国总部，绝对会乱得一塌糊涂。但相较之下，我们智人在这些地方常常有数千人的集会。

智人创造了秩序井然的模式，像贸易网络、大规模庆祝活动、政治体制等；而这些如果只借助个人，是绝对做不到的。

人类和黑猩猩之间真正不同的地方，就在于那些虚构的故事，也就是"画饼"。

它像胶水一样把千千万万的个人、家庭和群体结合在一起。这种"胶水"，让我们成了万物的主宰。

亲历门萨考试

诺亚·戴维斯

> ● 最强大脑：
>
> 从文章中可以看出，作者也是一个相当聪明的人，因为从数据上来看他的智商已经超过了95%的人。不过，智商达到前5%的人都没能通过测试，门萨协会的门槛之高可见一斑。

门萨俱乐部是世界顶级智商俱乐部，高智商是其入会唯一标准：在美国，有近6万名门萨成员。怎样才能成为这个高智商俱乐部的一员呢？去年5月，笔者也参加了一次门萨入会考试，挑战了一下自己的智商。

门萨入会考试收费40美元，耗时两个小时，包括两部分：门萨温德利测验和门萨入会测试。任何人只要在其中一项测试中的得分率达到98%或以上，即有资格成为付费会员，年费为70美元。成为会员的好处是能拥有门萨人脉网络，获得一个可供炫耀的门萨组织邮箱地址。然而，门萨会员资格不一定意味着财富、抱负或事业上的成功，而仅仅代表某人有高于平均水平的逻辑推理能力。

我上一次参加标准化考试还是十几年前参加SAT（俗称美国高考），当时处于青春叛逆期的我备考的态度是"无所谓"。但这次我为门萨考试所做的准备要充分得多，不是指望这些填空题来改变命运，而是希望借此显得自己日趋成熟。我做过门萨练习小测试，知道相对于文字问题，自己对数学更加擅长。

你知道banalities是唯一一个可以由单词insatiable的10个字母重组而成的单词吗？反正我不知道。练习测试中，30道题我做对了25道，既激发了我的自信心，又引发了我的担忧。在参加测试前两周，我基本不沾酒精了。尽管做出这种决定简直比跑

完半个马拉松还难，我还是将这个决断加进了门萨测试的准备事项里。除了禁酒，我还喝了3天的果汁以助排毒，希望自己到时候能神清气爽地坐在门萨考场上。但在心底我也很怀疑，任何愿意花费150美元去喝3天甘蓝汁、黄瓜汁及辣椒汁的人，是否都应当自动被所有高智商协会拒之门外？

星期六清晨最终来临时，我感觉自己准备好了。我没选择参加在门萨网站主页上就能进行的在线测试，因为那还要多交18美元，简直跟高速公路上抢劫没啥两样。我之所以知道考试日益逼近，部分原因是我在前一周收到不少于3封邮件，提醒我测试即将到来。这样做很体贴，但或许这也是测试的一部分——你能在没有一堆提醒的情况下准时到场吗？测试。

测试地点在TRS专业套间公司，位于一个不知名的金融区建筑群内，而该建筑的入口显然是不伦不类的。玻璃门坐落在脚手架下，夹在"飞船"三明治连锁店和修鞋店之间。突兀的霓虹灯挂得很高。大堂前台的保安很不热心地指引我到3楼，我不能怪他，因为外面是暮春的好天气，里面却黑暗沉闷。目光矍铄的二三十岁的人零星地跑来花钱参加测试，使这一画面更具戏剧性。

我被带到指定的房间，里面大约有15人坐在折叠桌前。他们看起来都很紧张，这可以理解。一对夫妇低声地聊着天，我不禁想到，如果他们中一人通过测试成为门萨会员而另一个人没有通过，彼此的关系是否会变得尴尬起来。

监考官是一位愉快热情、身材微胖、穿着爱威亚牌运动鞋的女士，她在一张电脑打印纸上核对了我的名字，递给我一支铅笔和一张纸，用来填写姓名、住址、出生日期及信用卡信息等问题。我瞟了一眼旁边一位

男士的表格，知道他34岁。他无视我瞟来瞟去的目光，漫不经心地转着他的2B铅笔，就像一个聪颖的男孩在11年级社会学课上感觉无聊时所做的那样。

　　首先是温德利测验，一场12分钟50道题的脑力冲刺。我们被告知大多数人都完不成，得20分就表示智商是100，即达到平均智力水平。令人不安的是，美式足球联盟候选球员也要参加温德利测验，我很担心自己的智力比不上一群毕生致力于成为角斗士而非哲学家的人。测试开始了，我顿时慌了神。至少每14秒要做完一题的速度要求让我非常紧张，被一名前锋冲撞是否就是这种感觉？我总算明白了对于足球运动员而言，为什么这是一场好的测试：它堪称是对基本知识、逻辑思维和注意能力的综合考查。我现在也是顶着压力在奋斗。

　　问题以不同形式呈现。根据门萨的规定，我不得透露任何具体细节，对此，我表示同意。不仅因为友好的测试人亲切地要求我这样做，还因为我根本没有时间去记住任何东西！稍不留神，时间就在指间飞速流逝——天啊！我永远也做不完啦！题目有大致几类：判断两个单词的含义相似、矛盾还是不相关；用6个单词造一个句子，并判断句子的对错；下列5个单词中，哪一个不同于其他4个；有几个问题是以几何图形或数字为特征的，倒是根本难不倒我喜爱数学的大脑。

　　试题的难度也在逐步增加。我们也被告知过不要跳过前面的题目，因为我是个白痴，所以遵守了规则。尽管对多数人来说，第23题可能比第24题难，但对于每一个测试者而言，情况未必如此。有几次我花费宝贵的30或45秒考虑一道问题，最终却只能猜测答案，而看到下一个问题却发现立马就能得出答案。给未来测试者提供一条专业建议：跳过那些无法马上得出答案的问题。在做第33或第34题时，监考官宣布

逻辑思维：

　　门萨协会的测试是多方面的。开始的温德利测验是对智力水平的一个基础测试，第二道测试则是综合测试，重点考查参与者的记忆能力和逻辑能力，当然还考查参与者的"忍耐力"。

> 奇葩说：
>
> 改天有机会的话我也要参加一下门萨的测试，万一通过了呢？虽然还不知道门萨协会具体是干什么的，不过好像是很厉害的样子啊。

时间到，我很自信并且有理由相信自己大概答对了 26 道题，其他问题顶多研究一番就能猜出来。体内的肾上腺素还在上升，心脏快爆炸了。

第二项测试由 120 道问题组成，分为 7 部分。第一部分开始前，监考官读了一个故事并告诉我们测试结束前，我们必须围绕这个故事回答一些问题。不允许随手记录，也不能做任何形式的笔记——我们得用脑子记住故事。

我试着去听，真的很用心。故事里有日出、围成一圈跳舞，还有希腊合唱团。但很快我发现自己没有集中注意力。然后我注意到自己的心智在游离，进入一个无记忆旋涡。我认为这全是网络的错。在测试之后，我询问门萨相关人员，在过去 10 年中测试者记忆力的分数比例是否有所降低，但是门萨的代表说，他们没有记录过这项数据。我一直在很努力地集中注意力，但可能还是走神了。

又一次被提示不能在试卷上记录之后，我们开始了第一部分测试。用不着写字，相反，我们要回答关于图形间如何相互联系起来的问题。5 分钟后继续第二部分测试：大约 15 个关于单词定义的问题。数学是我喜爱的部分。但是前 6 个部分是同时进行的，要在短时间内回答问题，放下铅笔，呼吸，换脑筋，然后重复。这种模式缺乏温德利测试所包含的瞬时压力，但非常消耗脑力，这不是 40 码冲刺，而是 800 米长跑。我在规定时间里回答了所有问题，却有种沮丧的感觉，觉得自己不够聪明，常常感到正确的答案遥不可及。

最后一部分由 24 道题组成，都是关于那个短故事的。由于只勉强记住了三分之二的内容，我只好胡编了一些答案，填满圆圈，然后交卷。

"铅笔你们留着吧，"监考官说，"这是美国门萨协会的礼物。"我把铅笔装进口袋，乘电梯到大厅，

走进阳光里。

参加考试一周后的上午，我的邮箱收到一封来自门萨入会负责人玛丽·伯克黑德·斯宾塞的电子邮件。第二段写道："如你想见，只有一小部分人有资格成为门萨会员。分数居于前2%的人才能达到入会标准。基于您最近的测试情况，我们不能在此时授予您会员资格。然而，有一个加入门萨的替代程序，希望您能考虑一下……"

我没有继续读下去。对此我并不惊讶。5天后，一个包含我测试分数的小信封证实了上述消息。我在温德利测试中做对了32道题，超过91%的人，入会测试的原始评分为86分，意味着我比参加这个版本测验的86%的人做得更好。而在总人口中，我超过了95%的人。分数相当不错，但没达到门萨入会水平。没关系。这是一种体验，并且不用支付70美元的年费。我的"平均水平以上但还不足够高"的推理能力告诉我，这个结果是一项胜利，这听上去还算挺聪明的吧。

如何科学、有趣地聊聊冥王星

学习公社

● 最强大脑：

要不是"新视野号"传回了它清晰的照片，恐怕我们都不会再想起这个被踢出的前"第九大行星"了。这篇文章里，汇集了各种关于冥王星的"冷知识"，我们一起去了解一下冥王星的"前世今生"吧。

时间就该浪费在美好的事物上，不是吗？所以，今天要跟大家聊聊"仰望星空"。因为，飞了9年的"新视野号"，终于到达了太阳系的边缘，给这颗孤独的星球——冥王星，拍了一张清晰无码照！

冥王星，真的是一颗神秘而又奇幻的星球呢。关于冥王星的这些"冷知识"，你之前都知道吗？

1. 冥王星得名 Pluto 真的不是因为迪士尼那只狗

曾经有一个美国土豪叫帕西维尔·罗威尔特别想找到第九行星，亲自出钱建了一个罗威尔天文台，亲自上阵寻找，遗憾的是到死也没有找到。

后来到了1930年，罗威尔天文台的年轻天文学家克莱德·汤博终于找到了它。天文台为了给该行星命名举行了投票进行内部表决，名单上有三个名字：Minerva，Cronus，Pluto。Minerva 已经被一个小行星占用了，Cronus 得到了一个特别讨人厌的天文学家的支持，而 Pluto 不但没有以上缺点，它的前两个字母还正好是帕西维尔·罗威尔的首字母，于是全票通过。

而 Pluto 这个名字，其实是一个热爱古典神话的11岁英国小女孩提出来的。本来她的想法根本没机会入榜，但是她爷爷拥有一个神一样的职业——牛津图书管理员。他把这个提名告诉了他的天文学家朋友，朋友把这个提名拍电报发给了美国同行，于是有了这个名字。

然而悲催的是，几年后，迪士尼出现了一只叫 Pluto 的狗，这个小女孩余生都遭受了别人的误会："你

怎么可以用卡通狗来给行星命名呢！"

2. 冥王星其实已经在1984年消失了

好吧，它并没有真的消失，它只是越来越小了——不不，它也不是真的越来越小，而是我们每次估计它的大小，结果都比以前更小。

甚至在冥王星发现之前，天文学家就用牛顿力学推算过它的重量，结果很大。等真的发现它之后，推测出来的重量就变小了。后来发现它比以前以为的反光率高，算出来的就更小了。最后根据它的卫星卡戎进行测量，它已经缩小到了极点：只有地球的五百分之一。

因为它缩减实在太快了，1980年，两位天文学家发表了一篇半开玩笑的文章，说照此下去，到了1984年冥王星就要消失了。

3. 因为太小，冥王星被开除出了大行星行列

冥王星比月球还小，宽度只有中国的一半，表面积还没有俄罗斯大。冥王星的直径数据是（2384±20）km。2005年，人们发现了一个新的天体——阋神星，当时用哈勃望远镜成像测得它是（2397±100）km，比冥王星还略微大一点儿！

这时候，国际天文学联合会跳出来了。他们说，鉴于和阋神星大小地位相当的天体还有很多，要是将来太阳系有几十个上百个大行星，那就太可怕了。这帮人早就因为冥王星的种种奇怪特征而看它不顺眼了，借此机会，就在2006年"新视野号"出发之后不久开会表决，干脆把冥王星踢出了大行星的行列，为它建了一个新分类叫"矮行星"。

开除就算了，为什么还嘲笑人家矮！

真正的理由他们当然不会说啦，而是用了"不能清除所在轨道上的其他天体"这样冠冕堂皇的理由。

4. 冥逆比水逆更过瘾

别忘了冥逆要持续到9月底哦，因为它转得实在

逻辑思维：

文章的五个部分分类十分明确，从名称讲起，再到冥王星的大小、被开除出"大行星"行列、轨道运行、星球特征等方面的介绍，中间还穿插了有趣的"冥逆"现象，逻辑清晰明确，读起来也十分有趣。

太慢了！不管它是不是行星，冥王星是绕太阳转的，所以从地球上看，也是逆行。

地球和别的行星都在绕太阳转，速度还不一样，内圈的经常要超车，超车过程中会看到别的星体好像在朝反方向运动——这就是逆行了。

但是冥王星转得实在太慢了。它公转一圈要花90465个地球天，或者247.68个地球年。自人类发现冥王星以来，它才转了三分之一圈。

而因为它转得慢，所以不管占星术怎么说"冥王星是最不可被预知的行星"，天文学上冥逆其实是最容易预知的了：每年逆一次，每次逆半年。最近这几年的冥逆都会在4月中旬开始，9月下旬结束。

比水逆过瘾多了吧？

5. 冥王星是个会下雪的小白脸

照理说，冥王星这么小这么远，不该那么早被人发现。但它还是被发现了，因为它特别白——反光率太高了，是地球的两倍。这主要是因为它表面有很多的冰。别高兴太早，这冰不是水冰，而是氮冰，混有少量的甲烷和一氧化碳。冥王星还有一个稀薄的大气层，也是类似的成分。

巧的是，因为冥王星的轨道呈椭圆形，所以它表面的温度变化也不小。这意味着随着它向太阳靠近，表面的氮冰会升华；而远离太阳的时候又可能凝华，甚至可能表现为降雪。虽然大气稀薄，应该不会出现燕山雪花大如席的场景，但氮雪本身就是很神奇的东西。

这样稀薄的大气起不到多大散射作用，因此它表面的天空基本是黑的。但是太阳依然是全天最亮的天体，正午阳光大致相当于地球的多云傍晚；而从上面看地球最亮时也是一颗三等星，肉眼清晰可见。

是的，虽然你看不见它，它可是能看见你哦。

奇葩说：

怪不得这一阵子诸事不顺！原来是赶上"冥逆"了！一次逆半年，太可怕了！"冥逆"赶紧结束吧！

生命在乘方，你用什么做底

高宗飘逸

● 最强大脑：

相比于本书中其他文章来说，这篇文章更像是一个励志故事。不过故事的核心是对于两道数学问题的解答与分析。构思十分巧妙。

生命由无数个日子堆积而成，人们在自己的日子里进行着各种加减乘除运算。每过一日，人们的生命算式便会得到一个结果，有的盈余，有的亏损，有的为零。

日子单调而紧张，就像正弦曲线一样周而复始，时而高潮时而低谷，我们就在钟摆的机械而重复的摆动中，被时间的车轮推搡着滚滚前行。

一天，和一个事业风生水起的朋友一起喝茶，与我蔫头耷脑之状不同，每次看见他都是一副信心十足的样子，不觉让人自惭形秽。提起当前的生活，我大倒苦水："工资就像爬山，累得呼哧带喘，也未见爬高几米；房价物价就像发射火箭，还没来得及仔细考量，已经蹿到无法企及的大气外层；工作纯粹就是鸡肋，食之无味，弃之可惜；想要做点大事，更是困难重重，苦不堪言。看你做事轻轻松松就成功了，怎么轮到我做起来，却屡屡受挫呢？"

他品了一口茶，悠悠地对我说："你是数学老师，我给你出两道数学题吧！"

看着我疑惑的样子，他笑了笑，接着说："这题也不是我的原创，是一个老教授用来提问他的学生的，题目不算难，但我在这两道题中得到了一些感悟，觉得很受用，今天考考你。"

还没等我答话，他便出了第一题："如果一件事的成功率为1%，那么反复尝试100次，至少成功

逻辑思维：

文章笔法细腻，娓娓道来。以两个人聊天的方式，使得数学题的插入一点儿都不突兀，并且通过对数学题的解答和分析，深化了文章主题，这样的写法十分新颖，值得学习。

一次的概率大约是多少？选项有4个：10%、23%、38%、63%。"

我用概率知识快速列出式子，连手机也被掏出来用来计算乘方，结果令我大吃一惊，答案居然是63%。他见我吃惊的样子，抿嘴一笑，说道："许多人第一感觉大都会选10%。但按照概率公式计算，完全失败的概率是99%的100次方约等于37%，成功率应是1减去37%即为63%。一件事若反复尝试，成功率会由1%升到不可思议的63%。其实，生命一直在做乘方运算，指数是做一件事的重复次数，哪怕只用1%的成功做底，坚持做上100次，也会得到意想不到的答案。"

我黏稠的血液开始流动起来。原来成功并不需要什么技巧，只要你能在单调的日子中，坚持不懈地做同一件事情，由量变到质变，成功自然会离你越来越近。它为"坚持就是胜利"这句口号做了严密的推理。

接着他又开始提问第二个题目："1的100次方是多少？"我答："是1。""0.99的100次方是多少？""0.366。"做上一道问题时我已用手机中的计算器计算过，但从我嘴里说出这个数字，我还是有些惊讶，因为我根本没有注意到0.99的100次方居然变得这么小。他又问："1.01的100次方是多少？"我再次计算，更加令我吃惊，因为1.01的100次方居然翻了倍，是2.73。

他说："生命还是那道乘方公式，日子就是那个指数，看你用什么做底。如果用1做底，不求变化，到头来只能原地踏步，星星还是那颗星星。如果用0.99做底，虽然你的热情只比原来减少了0.01，但天长日久，你的获得会少得可怜，日子过得只会一天不如一天。假如你用1.01做底，你的努力尽管只比以前多了

0.01，可是日积月累，你会得到双倍甚至更多的回报。"

我似乎听懂了他的话，但心存疑惑，因为在这两道题中，都涉及乘方运算，可是我们该如何安排底数呢？

朋友看出了我的心思，说："第一道题中的底数是希望，虽然成功的希望只有0.01，但只要我们肯坚持去做，指数增加，成功的概率就会增大；第二题中的底数是做事的努力程度，只要你每天比前一天努力一点点，随着指数的增加，每天你都会得到不同的惊喜，生发出不一样的光彩。"

听了朋友的话，我陷入了沉思，我在思考每个人的生命乘方中，到底该用什么做底。

奇葩说：

请注意，文中所描写的情景只适用于朋友聊天，并且前提是其中一人是数学老师。要是看到一个人就和人聊数学题，估计那人会第一时间被你吓跑。

● 最强大脑：

作者能够从日常事务中总结出数学原理，可以看出作者的数学功底十分深厚。用武侠的境界类比的话，已经达到"飞花摘叶皆可伤人"的随心所欲的境界了。

父母都是学霸，孩子更接近普通人

/ 峰哥何峰

父母都是学霸的，孩子大概学习也不错，但几乎肯定不会像父母当年那样"学霸"。

这是一个很核心的数学概念，叫作"回归均值"（regression to the mean），也就是说，下一代往往会更接近普通人的平均水平，即所谓"物极必反"。

类似的情况很多，比如：

——父母个子特别高的，孩子个子往往也高，但一般没有父母那么高（不过姚明大概是个例外）；

——反之，父母特别矮的，孩子往往也矮，但会比父母高一些；

——特别精彩的电影，其续集往往差一些；

——很多一曲脍炙人口的歌手，其后的作品往往流于平庸。

这后面的道理其实也很简单。

假想一对夫妇都是学霸。促成他们成为学霸的因素有很多：除了一些天赋之外，可能还有小时候的饮食，是否生活在高污染的环境下，是否在合适的时候遇到合适的老师，或者正好接触到了自己喜欢的专业，等等。天时地利人和，缺一不可，才可能培育出那些震古烁今的"学霸"！

比及他们的孩子，且不说能否完美继承父母的聪明基因——就算基因完美继承，也还有其他那各种各样的不可复制，可遇不可求的因素，导致孩子往往不

太能够达到父母当年登峰造极的学霸水平。当然，估计也不会太差，毕竟还是很有可能继承了父母绝大部分的天赋，并且父母很可能也从小就注重培养学霸的潜质。

举一个现实的例子吧。

爱因斯坦，算是 500 年一出，前不见古人后不见来者的学霸。他的成就，大家就算不明，也肯定觉得厉害。但是他的子女的情况，可能大家就不甚了了。

爱因斯坦有三个孩子。其中一个幼年夭折；另一个患有精神分裂症。这两个就不细表。健康成长到成年的，是 Hans Einstein。他是伯克利大学水利工程学知名教授。从成就来说，已经足够好了，但是当然比不上他老爸。

Hans Einstein 的孩子中，有据可查的是 Bernard Einstein。他大学就读伯克利大学，成绩平平，后来参军，再后来成为了一名工程师。

纵观爱因斯坦家族这三代人，就是一个典型的回归均值的过程。

"回归均值"对我们的学习和生活有什么指导意义呢？

如果你是学霸父母的孩子，父母如果失望于你没有当年他们的学霸雄风的话，你可以拿出 regression to the mean 来回应。

如果你是学霸，请不要用同样的标准要求你的孩子。

如果你的孩子某次考试成绩格外好，但之后的成绩"退步"了。请注意，这不一定是因为他的松懈，而是"回归均值"在起作用。这点特别值得重复一下：有些家长发现孩子一夸奖，成绩就下降，一批评，成绩就上升。由此得出"打骂成才"的谬论。其实具备

逻辑思维：

虽然整篇文章中没有涉及复杂的计算，不过这是一篇不折不扣的数学科普文章。作者的论述其实都在说明一个统计学方面的知识，通过爱因斯坦家族的例子来让大家对"回归均值"这一数学概念有一个十分直观的认识。

基本的统计学常识就能想到：父母往往是在孩子取得好成绩时夸奖，取得差成绩时责骂。即使夸奖和责骂都没有起到作用，也会出现好成绩、坏成绩后的回归均值的现象。（话说这种智商的家长，也真是醉了。）各位以后成为家长（或者管理员工时）切记切记。

如果父母很漂亮，孩子长相一般，不要猜测是父母整过容。

如果某人的一部小说、歌曲、电影你特别喜欢，但之后他的作品你没那么喜欢了，不一定是"他变了"。

看到别人家升官发财，不用眼红，只要保证咱家香火不断，终有他们回归均值，咱家祖坟冒青烟这样的小概率事件发生。

等等。

有一些基本的数学和统计学知识是多么重要啊！这世界豁然开朗，不需要什么特别的理论，仅仅用数学就可以理解了。

> **奇葩说：**
>
> 终于找到我上学时成绩不好的原因了，原来我的父母当年上学的时候是学霸。嗯，一定是这样的。

有钱人用长钱包

龟田润一郎
安潇潇 译

● 最强大脑：

作者具有很强的发散思维。由长钱包扩展到了对金钱应有的态度，进而扩展到了对于人生目标的思索。

长钱包有什么好处

在我使用折叠钱包的时候，一位重视钱包和金钱的企业家对我说："你用这样的钱包，是赚不来钱的。一般都应该用长钱包。用折叠钱包，把钱包放在裤子后面的兜里，垫在屁股底下，钱实在太可怜了。如果换成长钱包，这个问题就不会存在。"

时至今日，我才理解了这些话。我们不应该把钱包当成装钱的工具，而是要把钱包看成个能改变自己对金钱态度的道具。说得再深一点儿就是，钱包能够深化我们的金钱观。我们应该带着这样的想法去选择一个合适的钱包，并把钱包随时带在身边。

好钱包，会受到我们的呵护。如何呵护钱包？记得每日把钱包进行扫除，一一丢掉没用的发票、收据，减少随身携带信用卡……

对金钱来说，比起塞了一堆多余东西的"拥挤"钱包，还是"消瘦"的钱包"住"得更加舒适。在我们使用钱包的时候，当然还是"消瘦"的钱包用起来更加顺手。"消瘦"的钱包总能让我们很体面地把它拿出手。

另一方面，钱包在大扫除后，手头现有的资金和每月现金结余都显得一目了然。我们很方便地了解到，这一天究竟花了多少钱。

给钱足够的尊重

不懂得尊重别人的人，就无法获得别人的尊重。

逻辑思维：

作者在文章中主要强调了三点，一是要给钱足够的尊重，二是要为自己的未来投资，三是要树立一个目标，为了未来坚定地奋斗。

同样的，不懂得尊重金钱的人，就无法获得金钱的尊重。

买好新钱包，准备使用之前的三天里，一定要拿出自己认为比较大额的钞票，并把它放进钱包里去，让钱包牢牢记住"钱的味道"。

在使用钱包的过程中，我们要摆齐钱包内钞票的上下方向。这代表着你在时刻关心着金钱，懂得维护钞票的尊严。我们还要根据面额码放钞票，将大额钞票放在后面。这如同打仗一样，如果把大将军排在最前列，那阵势很容易被打乱。为了保护好它，我将小额钞票排在了它的前面，誓死要保护好它。

另外，请有礼貌地付钱。这能反映出付钱者的素质。当然了，如果你能在金钱离去和归来时，在心中默念"一路走好"和"欢迎到家"，那你一定备受金钱的青睐。我们可以利用默念这两句话时的心情，去判断自己是不是在乱花钱，在想要乱花钱时来个急刹车。这两句话还有深层含义：得到金钱青睐的人，都把钱当成人一样对待。

为美好未来投资

一般来说，从我们钱包里溜出去的钱可分为三种"性格"，分别是"消费"、"投资"和"浪费"。

所谓消费，即购买食品和日用品等。投资，就是在支出一定数额的金钱后，虽说不能立刻获利，但是能为将来带来某种利益。浪费，亦即想怎么花就怎么花。

我们从钱包里拿出钱来的时候，要先停下来问自己一句："这笔钱究竟算是消费、投资，还是浪费？"

投资当然是能够创建美好未来的支出。实际上，消费也是能够创建美好未来的支出方式。如消费品之一的钢笔，一支优质的钢笔能让人爱上书写。都说钢笔越用越顺手，我们写出的字也会变得流畅许多。说

不定，我们能够通过对书写的喜爱，进一步拓宽自己的人际关系。

所以，我们要想方设法地将消费变成一种投资。我们要尽可能地把钱用在刀刃上，这也是一件能够影响到未来生活的重要事情。

我们不知道年轻时播下的种子能在什么时间发芽，并长出怎样的嫩芽来。所以，在年轻的时候，我们应该拿出一部分钱，积极投资自己的未来。

该选择怎样的事物进行投资呢？这要取决于你是否看清自己究竟拥有着怎样的未来，哪怕目前能看到的只是一个模糊的轮廓。

你手里现有的钱，都是为你拼凑出美好未来的梦想碎片。我们要将这些碎片拼成图片。就像玩拼图一样，我们要将支出的每笔金钱都连接在一起。这才是"投资"的正确做法。

10年后怎样生活

我完全不知道自己的未来会变成什么样子，我需要一个机会。带着这样的想法，我决定前往四国岛参拜，不搭乘任何交通工具，一切全靠自己的双脚。"绝对要完成参拜"是我的目标，而我的希望就是"在完成的那个瞬间，自己或许会发生什么改变"。这两项都是我坚持下去的最大动力。我咬牙坚持，走完了全程1400公里的路。

这之后，我也一直将自己做事的目标和希望牢记心中。如，将希望押在钱包上："只要拿上这个钱包，我就再也不会为钱的事情发愁，今后的年收入也能一直维持钱包价值的1000倍"。带着这个小小的希望，我生活得越来越好。

其实，无论是长钱包还是折叠钱包，都不过是普通的钱包而已。但是，在你感受到希望的瞬间，无论多么不起眼的小物件，也能成为改变你人生的动力。

佘蝕说：

老板，给我拿一个钱包！最长的那个！什么？最长的只有这么长？不行，我要定做一个更长的，就做一个50cm的钱包吧！我要当有钱人！

"要随时为钱着想"和"要随时紧盯着钱"可是两码事。虽说大手大脚地花钱和随随便便的借钱,会让钞票对你能躲多远就躲多远,但要是追得太紧了,也只会起到反作用。我们要一边牢记时刻关心金钱的感受,一边督促自己把钱的事情抛之脑后。即使这样,也要相信,金钱一定还能回到自己身边。

灵感胶片

几千年前,一位老人裸身在街上奔跑,边跑边叫"尤里卡",这个老人就是阿基米德。他在沐浴的时候,捕捉到了那转瞬即逝的灵感,进而发现了著名的"浮力原理"。灵感来去无踪,转瞬即逝,但每一次的发现都需要灵感的支撑。灵感胶片,解开你的思维僵局,让灵感成为你的本能!

● 最强大脑：

文章里，迈克尔所使用的手法其核心就是"博关注"。当一件优秀的产品因为鲜为人知而无法打开市场的时候，就需要通过一些手段来博取关注了。

把第一部 iPhone6 丢进啤酒里

/ 张珠容

2014年秋，当苹果公司宣布超大屏的iPhone6将于9月12日开启预订、9月19日上市时，无数"果粉"为之心动。由于时区不同，澳大利亚于9月18日就开售，所以它成为全球首个发售苹果iPhone6的国家。正因如此，大批"果粉"提前几天就从世界各地赶到澳大利亚各大苹果旗舰店，在门口风餐露宿，只为购得第一批iPhone6。

这批"果粉"中，有一个名叫迈克尔的中年男子，他希望能抢先拿到世界上第一部iPhone6。可惜的是，他到达苹果专卖店时前面已经有一位小伙子在排队了。

迈克尔不甘心，他和小伙子进行了激烈的讨价还价。

"你好，我需要怎样做才能站到您的前面去拿到第一部iPhone6？"

"不，我不想让出第一位。"

"我花1000美元购买第一的位置可以吗？"

"1000美元？只为一个位置？"

"您是觉得这酬金太少了吗？1500美元怎么样？"

"哦，天哪，你疯了。"

"2000美元可以成交吗？"

……

当迈克尔把"筹码"加到3000美元时小伙子心

动了，终于答应与他互换位置。迈克尔兴奋得跳起来，围观的人却觉得他不可思议。

9月18日早上8点，布里斯班苹果旗舰店的大门终于打开。迈克尔如愿以偿拿到了第一部iPhone6。当他走出店门时不少记者把摄像机对准了他，问他成为第一"果粉"后有什么感受。

迈克尔一言不发，他掏出盒子里的新手机，开机，然后自拍了一张照片。接下来，他从自己的行李包中掏出一瓶啤酒以及一个大啤酒杯。可他倒啤酒不是为了庆祝自己成为第一个"果粉"，而是用来浸泡iPhone6！

"哦，天哪！他拿到了世界上第一部iPhone6，却把它丢进了啤酒里！"围观的很多人大惊失色。很快，迈克尔的手机就自动关机黑屏。

迈克尔却一点儿也不着急。他端起泡有iPhone6的啤酒喝了一大口，然后慢悠悠地从行李包中拿出一包用密封袋子盛装的液体。他从啤酒杯中捞起iPhone6，然后又将它放进那包液体中浸泡了好几分钟，当取出iPhone6后迈克尔终于说话了："现在，我将手机放置在空气中晾24小时，明天此时，我将再次开启手机，让我的自拍照重新呈现。"

迈克尔的这句话吸引了更多记者拍摄。当夜，迈克尔仍旧在店门口搭帐篷住宿。第二天早上8点刚过，他就兑现诺言，尝试开机。一秒钟、两秒钟、三秒钟……没过一会儿，这部iPhone6竟然神奇地启动了！

"哇！"人们纷纷问迈克尔是怎么做到的。迈克尔这才表明了自己的身份："大家好，我除了是一名忠实的'果粉'以外，还是英格兰切姆斯福德市一家手机修护公司的职员。其实，水本身并不会损害手机，导致手机短路和发生故障的是水中的矿物质。前

逻辑思维：

很显然，迈克尔"博关注"的行动是经过了周密策划的。首先是买到全球第一部iPhone6，再利用把iPhone6扔进啤酒里的行为勾起大众的好奇心，最后在众多镜头前向大家展示自己的产品，环环相扣，最终取得良好的效果。当然，也许唯一的意外是他去得不够早，没能抢到第一的位置，不过这一问题被他用3000美元解决了。

一段时间,我们公司的设计人员研发出了一款名为Reviveaphone的简易装置,就是你们昨天看到的那袋溶剂。当你们的手机受潮发生故障时只要卸掉电池放入此装置中浸泡7分钟,这一溶剂就能将具有腐蚀性的物质溶解并从受潮手机中除去。然后,大家需要在开机前烘干24小时,倘若还是不管用,不要惊慌,再耐心等上24小时,一定能成功重启。"

原来如此!大家终于明白迈克尔不惜多花几千美元争当第一"果粉",为的就是借人们喜欢iPhone6、关注"第一"的心理制造出新闻事件,继而把消费者的目光聚焦到他公司的产品身上!

迈克尔的这番苦心也终于没有白费,那些拍摄他用Reviveaphone神奇修复好第一部iPhone6的视频就像病毒一样在世界各大网站传开了。在他从澳大利亚启程回公司的同时,世界各地的产品订单也像雪片一样飞向了他的公司。

奇葩说:

这个点子真不错,看来以后我要是想宣传个什么东西也可以借鉴一下。等等……我好像买不起iPhone啊……

咖啡王国的咖啡渣房子

歪笔轩主人

● 最强大脑：

用咖啡渣建房子这个奇妙的想法是由一次意外造成的。但洛克塞的成功不能说是纯属偶然。因为他没有忽略对咖啡渣凝固原因的调查，并且在屡次实验中找出了糖的替代品，这才有了后来的成功。

哥伦比亚是全世界最为著名的咖啡王国，千千万万的哥伦比亚人都靠咖啡产业过日子，洛克塞·肖卡就是其中之一，他是首都波哥大一家咖啡公司的碾磨师。洛克塞年轻时从事过建筑行业，但后来因为脚部受了伤，才改行进入了咖啡业学做碾磨师。

咖啡豆在碾磨加工过程中，会产生大量的咖啡渣，这些咖啡渣的口感极差，别说是人，就是给家畜、鱼类当饲料都不行，所以数百年来，咖啡渣只有一个命运，那就是被当作废物扔掉。洛克塞所在的那家咖啡厂自然也是一样，每天都会有一袋又一袋的咖啡渣被拉出工厂，直接倒掉或者掩埋。在整个哥伦比亚，每天白白倒掉的咖啡渣该有多少啊！每次一想起这些，洛克塞的心里就非常不好受，他对他的厂长说："难道这些咖啡渣真的百无一用吗？我们是不是应该想想办法把这些咖啡渣利用起来？"

"简直是笑话！你能想到的，别人早就想到了，咖啡渣一直以来都是一种毫无用处的东西！"厂长不屑一顾地对洛克塞说，"好好干你的活吧！"

厂长的态度没有使洛克塞打退堂鼓，反而使他在内心深处增加了研究咖啡渣的动力！从那以后，洛克塞的脑子里总是想着究竟能把咖啡渣派上什么用场，让这种废料也发挥出最大的价值。

一次，洛克塞像往常一样在厂房里碾磨咖啡，在调试一杯咖啡的时候，他一不小心把糖水瓶打翻在了

灵感胶片

逻辑思维：

巨大的商机往往存在于"废品"当中，如果你发现了变废为宝的办法，这就代表着你发现了走向成功的途径。

一堆咖啡渣上，洛克塞没有太在意，只是捡起瓶子重新加满了糖水继续工作。然而，当他做完手中的工作准备清理这些咖啡渣时，让洛克塞意想不到的事情发生了：那些咖啡渣因为碰到糖，竟然牢牢地结成了块状，砸都砸不开。曾经从事过建筑行业的洛克塞突然灵感大发：既然如此牢固，如果把咖啡渣做成建筑材料，那会怎么样？

用糖作辅料加工建筑材料固然不合适，那么用什么东西取代糖，而且既不易腐烂又牢固呢？洛克塞在走访了无数家建筑材料工厂之后，最终选定了PS粉。PS粉既便宜又牢固，最主要的是无毒无害，非常符合绿色环保的概念。洛克塞尝试着将回收的PS粉和咖啡渣混合起来，然后用特殊方法进行加工，果然制成了各种质地坚硬的柱体和板形材料，洛克塞把它取名为"咖啡渣复合材料"，这些复合材料在加工过程中不必使用胶水，也不必使用钉子，因此既不会产生甲醛，成本也更为低廉。

洛克塞随后向哥伦比亚政府申请了咖啡渣复合材料的专利，这种对整个国家甚至是整个环保形势都有利的事情，哥伦比亚政府非常看重，还特意赞助洛克塞成立了咖啡渣材料制造公司，让他用自己的技术生产出这种材料！

一年后，洛克塞的第一批咖啡渣材料终于出炉了，他尝试着在厂外的公园里，造了一幢浴室、厨房、餐厅、客厅一应俱全的三室一厅的"样品房"，结果全部造价还不到7000美元。对于这种材料的牢固程度，工程师们在检测后发现，住在这样的房子里，即使遭遇到山体滑坡也不用害怕，没有哪一块石头能有足够的重量将其压扁！

这时，洛克塞不失时机地把咖啡渣复合材料推向了市场，果然受到了无数建筑商和普通消费者的抢购，集众多优点于一身的咖啡渣材料，很快成为人们盖房子的用料首选，咖啡渣房屋更是成了哥伦比亚人新一代的住宅典范。

就这样，整个哥伦比亚各个咖啡厂商所产生的咖啡渣都源源不断地流进了洛克塞的工厂，而由咖啡渣做成的复合材料又同样源源不断地流向市场，短短的一年时间，洛克塞就已经先后在麦德林、卡利、巴兰基亚、卡塔赫纳等十余座城市建立了总经销处。

2010年10月份的《财富》杂志这样评论洛克塞和他的咖啡渣复合材料："用咖啡渣盖房子，听起来是多么不可思议，但洛克塞做到了，他为整个建筑界添上了历史上绝无仅有的精彩一笔！"

奇葩说：

既然这种复合材料原材料是咖啡渣和无毒的PS粉，那么是不是意味着这样建造的房子是可以吃的？只要建一个这样的房子，房主人应该就不会再挨饿了吧？当然，不到万不得已，还是不要吃房子的好。

● 最强大脑：

　　让呼吸为手机充电，这确实是一个"脑洞大开"的想法，许多人听到这个想法后，应该会不屑地一笑吧。不过，保罗用自己的行动告诉大家，只要敢想敢做，就能够创造出伟大的发明。

让呼吸为你的手机充电

/睿 雪

　　低碳生活恐怕是现在社会最热门的话题之一，走路或骑车上班、节约用纸、拒绝一次性筷子等都已经成为人们提倡的行为。在巴西，有人竟然呼吁靠呼吸来达到低碳的目的，这个主张听起来让人觉得有点不可思议，因为呼吸只会导致二氧化碳排放得更多。原来，巴西这位名叫约措·保罗的小伙子，是利用呼吸为手机提供源源不断的电能。

　　约措·保罗是一位电子设计师，也是一名忠实的"果粉"，对苹果公司的 iPhone 手机情有独钟。把玩 iPhone 手机已经成了保罗生活中的一大乐趣，可让他郁闷的是，每当玩到高潮的时候，iPhone 手机就会跳出"电量低"的提示。郁闷了多次后，保罗开始异想天开：能不能研制出一种可以随时充电的设备接到 iPhone 手机上，让它一直处在充电的状态？

　　他把这个想法告诉了自己的妻子，没想到，妻子笑了起来："你以为手机是动物，可以像它们呼吸一样持续不断地充电？你是电子设计师，应该明白 iPhone 手机的电池存储量跟其他手机一样是有限的，所以我们只能定时给它补充电量。"

　　"呼吸？对！呼吸是持续的，人在呼吸的过程中会产生风能，如果我将这些风能转化成电能，那不就可以随时给 iPhone 手机充电了吗？"保罗兴奋得跟孩子一样，立刻跑进工作室研究起来，留下妻子一脸愕然的表情。

脑洞君，请收下我的膝盖

保罗计划将充电装备做成面罩的样式，这样能最大限度地收集到人呼出的气。至于用什么来转化呼气所产生的风能，他想到了一种微型风力涡轮机。保罗兴致勃勃地画出电路图，买来材料动手安装。他制作了一个仅罩住鼻子和嘴巴的面罩，然后将涡轮机安装在面罩正对鼻孔的位置，之后，他将一根细小的电缆线接在涡轮机上，另一头接上与iPhone手机匹配的插头。按照保罗的猜想，这根电缆线可以将涡轮机转变成的电能传输到iPhone手机的电池内。

一切安装妥当之后，保罗戴上了面罩，并将电缆线插进iPhone手机的充电插孔。奇迹出现了，保罗呼气的时候，iPhone手机果真出现了"正在充电"的提示，而他停止呼吸时，充电提示马上消失了。

为了验证这个充电面罩的可行性，保罗让妻子和5岁的女儿分别试戴了一下。他发现，只要有呼吸，面罩就会给手机充电，而且，呼吸的力度越大，面罩的充电速度就越快。看着这个神奇的面罩，保罗的妻子惊呆了，她没想到自己的一句玩笑话竟然成了丈夫新发明的重大启示。

从此，保罗再也不愁把玩iPhone手机时无法尽兴了，不过，保罗并没有就此满足，因为研发出充电面罩对他来说只是走出了第一步。他想在接下来的时间里改进这一充电面罩，并向苹果公司、健身公司甚至全世界推销。他坚信，这个环保低碳、节约能源的新型产品，一定会得到很多人的青睐。

逻辑思维：

保罗的想法也许十分简单，既然想到了用呼吸给手机充电，那就研究一下怎么用呼吸发电好了！

奇葩说：

要是保罗能够研究出一种将吃饭获得的能量转换成电能的产品，那才是拯救吃货和拯救手机宅的绝杀利器。

● 最强大脑：

"尿尿坦克"是民间智慧的一种体现，它的出现代表了一些人对于随地小便这一行为的极度不满。但愿这个方法真的能够让孟买成为一个整洁的城市。

"尿尿坦克"小分队

／詹青云

如果你在孟买看到一辆显眼的黄色罐车，自带大喇叭轰鸣而过，身着迷彩服的蒙面人手持水龙头站在车顶，用锐利的眼神扫视大街……不要担心，跟恐怖分子不沾边，哪儿也没着火，也并非防暴警察出动，只不过那些随地小便的人要小心了！

车身大大的禁止标志下，画着一个正在尿尿的小人。被孟买人戏称为"尿尿坦克"的大黄车"明车不做暗事"，挑明了："我们用'小便'对付随地小便的人。"大罐子里装满了水，如果谁被蒙面人发现正在街旁小便，就会被水龙头瞄准——胆敢在公共场合小便，那就让你试试"被尿到"的滋味。

这可不是一般的小便，而是功力十足的大水炮。广告短片里，被水炮射中的人往往还没明白是怎么回事，就被冲得满地乱跑了。

随地小便，是古国印度绵延千年的恶习。公元3世纪，印度已经有了禁止随地大小便的法律。只是时至今日，联合国发布报告称，全世界有10亿人随地小便，6亿在印度。

立法没作用，近年来政府贴广告写标语，派巡警巡逻、罚款，甚至逮捕随地小便者，都没用。到后来，印度政府甚至把神像挂到了街头，可是宗教信仰强烈的印度人，还是随地小便如故。

印度政府也反思过公厕不足的可能性，可是投钱建了大量公厕后，就有接受采访的家庭主妇表示："我

刚看见一个男的当街小便,恰恰就在公厕旁边。"

据说,印度人视随地小便为"亲近大自然",在迷信思想浓厚的农村地区,还有人视家中有厕所为不吉利,有钱也不肯修厕所。所以,农村发展部部长两手一摊:"印度是全球最大的露天厕所。"

千年恶习实在有损古国的文明形象,作为印度人口最多的城市,孟买深受其害。政府没法,"民间义士"只好自己动手了。

驾驶和运营"尿尿坦克"的,是几个不愿透露姓名的孟买人,他们组建起名为"清洁印度"的志愿组织,目标是把孟买变为一个更干净的地方。目前的核心斗争对象,就是当街小便者。

他们自己出钱出力,戴上面具,穿起迷彩服,登上"尿尿坦克",开始在孟买街头巡逻。一旦看见当街小便者,就停下"坦克",用水枪瞄准目标开始射击。他们的斗争方案是找到一个算一个,逐个击破。此前政府的种种招数,似乎没哪招狠得过"以牙还牙"。

小分队队员都很低调,但作为一个团队,他们相当张扬。"坦克"是夺目的黄颜色,画上自创大标志,不打伏击战,轰鸣而过。这是为了在巡逻范围有限的情况下,尽量以威慑的方式达到目的。他们的摄影分队,就把"执法"视频放在网络上,"恐吓敌人"。

虽然大多数当街小便者不会被"坦克"逮到,但是听过了水炮传说,再看看视频里那几位被追打的狼狈样,或许会收敛不少。

孟买政府尚未对此民间自发的"执法"行为表态,民众倒是纷纷支持。有人觉得,"以眼还眼"没什么不对,这回,当街小便者终于"恶有恶报",吃够了苦头,丢足了面子,简直是正义彰显。更多的人,则是持看热闹的心态——违法者被大水车追打,实在是颇有喜

逻辑思维:

我国古语有云"以其人之道还治其人之身",这就是"尿尿坦克"小分队所信奉的道理吧?

剧效果的街头一景。

虽然每次巡逻，真正能打击到的对象十分有限，但"清洁印度"小分队丝毫没有要停下来的意思。最近，小分队在Twitter上注册了账号，发布的最新口号是："你停下，我们就停下。"

脑洞君，请收下我的膝盖

奇葩说：

要是把"尿尿坦克"改成引导性的"移动公厕"，是不是也可以起到防止大家随地小便的作用呢？而且这个方法没那么"暴力"。不过，当一种恶劣的风俗已经深入人心的时候，也许以暴制暴是最直接的方法。

如何"调戏"自动阅卷机
Michael

● 最强大脑：

　　一个规则制定出来，难免会有漏洞。虽然佩雷尔曼"调戏"阅卷机的行为有些搞笑，不过也是在给教育机构提醒，要普及自动阅卷机的话，还是要注意防止让钻空子的同学得利。

　　最近公布的一份研究报告总结说，计算机能够给美国标准化考试的作文评分，效果和人工阅卷一样好。

　　阿克伦大学（University of Akron）教育学院院长马克·谢尔米斯（Mark Shermis）收集了6个州的1.6万多篇经人工打分的初高中考试作文，然后用9家公司开发的自动化系统来给这些作文评分。

　　阿克伦大学的一份新闻稿称，电脑阅卷的"准确度几乎和人工的完全相同，事实证明在某些情况下软件比人更加可靠"。

　　高等教育内幕（Inside Higher Ed）网站上的一篇博客文章将整件事情总结为"阅卷机器的胜利"。

　　对那些倾向人工阅卷的人来说，还有更多坏消息。人工阅卷最快的速度——根据培生教育集团（Pearson）估计，阅卷人在每篇作文上最多只花两三分钟——大概1个小时能给30篇考试作文打分。

　　美国教育考试服务中心（E.T.S.）研究部主任大卫·威廉姆森（David Williamson）表示，该中心开发的自动化阅卷机"电子评分器"（e-Rater）可以在20秒内评阅1.6万篇作文。E.T.S.每年开展和管理包括美国大学入学考试SAT在内的5000万次考试。

　　这就是结局了？阅卷机注定会接管整个地球吗？

　　麻省理工学院（MIT）写作项目部主任莱斯·佩

雷尔曼（Les Perelman）的答案是否定的。

在给本科生上课之余，佩雷尔曼喜欢研究 E.T.S. 研究论文中提到的算法，从中了解电子评分器的思维方式。

他的研究有其局限性，因为 E.T.S. 是目前唯一允许他对其产品进行测试的教育机构。不过，他指出，自动阅卷机很容易骗，经过一些考前准备就很容易过关，它对什么是好作文设定了一个非常狭隘、僵化的标准，会迫使教师简化写作教学。

佩雷尔曼说，电子评分器的最大问题是不能鉴别内容的真实性。他告诉学生不必浪费时间去担心所写的内容是否准确，因为只要句子结构正确，随便写什么都行。他说："如果你把 1812 年战争写成始于 1945 年，电子评分器也不会在意。"

佩雷尔曼发现，电子评分器喜欢长文章。他写了篇 716 个单词的文章，把十几句不知所云的话堆在一起，得到了最高分 6 分；而另外一篇逻辑通顺、行文优美的 567 个单词的作文只得到了 5 分。

他说，自动阅卷机能够计数，因此它能设定一个好句子有多少个单词、一个好段落有多少个句子。"一旦你了解了电子评分器的偏好，就不难提高你的考试成绩了。"他说。

他说，电子评分器不喜欢短句子或短的段落。

它们也不喜欢以"or"和"and"开头的句子，或结构不完整的句子。

不过，佩雷尔曼说，它们喜欢连词，比如"however"。根据程序设定，这类词汇显示了作者的思维复杂性。此外，"moreover"也很好。

复杂的词汇在任何情况下都有效，因为电子评分器视其为词汇量丰富的表现。佩雷尔曼建议："尽可能用大词。'Egregious'比'bad'要强。"

他说，论证的内容并不重要，只要让计算机看来论证结构严密就行。

有一道题目让学生们讨论为什么读大学的花费这么高，佩雷尔曼写头号原因就在于贪得无厌的助教们拿的薪酬过高。

"助教们的平均收入足有大学校长的 6 倍那么多，"他写道，"此外，他们还经常得到大量额外福利，比如乘坐私人飞机、去加勒比海度假，以及出任电影主演。"

电子评分器给了他 6 分。他又把艾伦·金斯堡（Allen Ginsberg）的《嚎叫》中的一句诗放进去，看看能否蒙混过关。

他过关了。

内容组合的可能性简直是无限的。如果用电子评分器来编辑报纸，罗杰·克莱门斯（Roger Clemens）可以高呼"不忘缅因号"；阿黛勒（Adele）可以演讲"不自由，毋宁死"；帕特里克·亨利（Patrick Henry）则会唱《像你这样的人》（Someone Like You）。

值得称道的是，E.T.S. 的研究人员让佩雷尔曼试用电子评分器一个月。威廉姆森说："在 E.T.S.，我们为我们研究的透明度感到自豪。"

另外两家最大的营利性教育企业——卓越学习公司（Vantage Learning）和培生教育集团——则拒绝了我让佩雷尔曼测试他们产品的请求。

培生教育集团副总裁彼得·福尔兹（Peter Foltz）说："他想证明阅卷机为什么不奏效。"

"是的，我持怀疑态度，"佩雷尔曼说，"这正是你们该让我测试它的原因。"

E.T.S. 的官员表示，佩雷尔曼给出的考前准备建议太过复杂，大多数学生都吸收不了；要是他们真能掌握，那他们用到的这种较高层次的复杂思维正是考试本身所希望奖励的。换句话说，如果学生们聪明到能够掌握如此复杂的考前准备方法，那么他们拿 6 分是理所应当的。

E.T.S. 也坦承，辨别事物真假不是电子评分器的强项。该机构首席研究员保罗·迪恩（Paul Deane）说："电子评分器不是设计来检查事物真假的。"

威廉姆斯补充说："电子评分器也不懂得欣赏诗歌。"

他们说，佩雷尔曼设定了一个错误的前提，即把电子评分器当成人工阅卷员的代替品。他们指出，在使用电子评分器的重大考试比如研究生入学考试（GRE）中，作文试卷同时还会由一名阅卷员评分。如果人机评分之间出现差异，还会叫第二个人来查阅。

福尔兹表示，90% 的情况下，培生集团的智能作

逻辑思维：

佩雷尔曼考虑的问题并不复杂，他只是认为，机器去僵化地执行一套规则的话，这套规则难免会有漏洞。那么接下来就是如何发现漏洞了。多试几次，总会找到规律的。

脑洞君，请收下我的膝盖

文评估软件（Intelligent Essay Assessor）都只是教师的课堂教学辅助工具。软件能即时把改进意见反馈给学生。学生们可以修改并重新提交作文。福尔兹说："他们可能会写上5遍，然后再交给老师看。"

至于被机器评为好文章的通常是长文章，迪恩表示，这两者之间是存在关联的。写作好的人已经掌握了一些技能，可以写得更流畅，从而可以在有限的时间里写出更长的文章。

佩雷尔曼把"戏弄"电子评分器当作一大乐事。他写了一篇文章，然后从每个段落中随机砍掉一个句子，结果还是拿到了6分。

佩雷尔曼以前教过的两名计算机专业的学生告诉他说，他们可以设计一款安卓系统的应用程序来自动生成作文，并能从电子评分器拿到6分的满分。佩雷尔曼说，这件事情最妙的地方在于，智能手机可以直接把作文提交给电脑打分器，从头到尾根本不用人参与。

总之，可以套用已故伟人亚伯拉罕·林肯（Abraham Lincoln）说过的一句话：母马吃燕麦，雌鹿吃燕麦，小羊羔吃常春藤。

他接着说，小孩子也会吃常春藤，你不会吗？

奇葩说：

好在我国还没有出现这种自动阅卷机，否则"调戏"阅卷机的方法一定会更多。毕竟，机器只会按规矩办事，而人类的脑洞之大是机器永远无法赶上的。

如何让一个人蒸发

/石 头

● 最强大脑：

如何让一个人蒸发？这个标题听起来似乎有点儿恐怖。不过其实文章的主题并不在此，而是在于对能量以及人体本身结构的探讨与科普。大家放心，至少现在看来，让一个人瞬间蒸发还是不可能的。

据外媒报道，科学家现在已经弄清蒸发一个人所需的能量，虽然这听起来神乎其神。你知道吗？让一个人蒸发所需要的能量比一公斤的物体加速到地球的逃逸速度所需的能量都高。

打破身体内的原子键

首先，让我们考虑蒸发的真正意义，即所有的水分子完全分离。每一个简单的水分子结构中含有一个氧原子和两个氢原子，要实现它们的分离需要极大的能量。事实上，仅仅打破 1 摩尔氧与氢的结合便需要 460 千焦的能量，这和一辆 2000 磅（约 907 公斤）重的汽车以每小时 70 英里（约 113 千米）的速度在高速公路上行驶所需的能量相同。所以，即使是将一小杯水中的原子分开，也需要巨大的能量……尤其是当容器是你的身体的时候。

人体仅仅比一杯水要复杂一点儿，但它仍然会像水一样蒸发。我们现在已经拥有足够把人体裂变成"原子汤"、打破身体内的所有原子键的能量。根据物理俘获研究，完全蒸发一个人，相当于完全熔化 5000 磅（约 2268 公斤）的钢材或是模拟的闪电所具有的能量。真的难以想象！

由于这种方法对能源的需求过大，科学家们将目光转移到另一种蒸发的方式：把目标变成气体。

要把一个人那么多的水变成气态，并留下骨头作为确定的线索，必须使用死亡射线来产生足够的能量。

逻辑思维：

文章的开始提出了一个"劲爆"的话题，一下就抓住了读者的眼球。接下来，就是对人体本身所蕴含能量的探讨，并由此引出对"死亡射线"这一武器的介绍。文章可以让我们对于能量的组成以及产生过程有一个初步的认识。

首先，把人体内的水加热，至沸腾后把它变成蒸汽。一般来说，人体内的水分占体重的60%~70%，假使人的体重为80公斤，那么这个人拥有约56公斤的水，要把温度为体温（37摄氏度）的水加热到沸点（100摄氏度），这将需要近15万焦耳能量。而蒸发沸腾的身体则需要额外127万焦耳能量。这一切共需总计142万焦耳的能量，也就是比电影《环太平洋》里的火箭冲到你脸上的能量多一点儿而已。

恐怖的死亡射线

一束激光扫过，环顾四周你发现身边的一切消失了，突然你感到一阵剧痛，低头发现手指什么时候不见了。这是梦，还是真实发生了？是什么武器能够如此威力无穷？或许你有些了解，又或许你看到这篇文章才知道——是死亡射线。提到"死亡射线"，大家脑海中都会浮现出许多联想：旋转的胡须，疯狂科学实验室，一个穿着西装的帅气男士等。实际上死亡射线不只在故事情节中才有，在历史的篇章中早已有它的记录，由于某些原因，20世纪30年代是它的巅峰时期。

1924年8月。英国的一个发明家哈里·格林德尔·马修斯声称，他已经发明了一种死亡射线，而我们勇敢的记者就去拜会了他。记者在马修斯的实验室见到了令人震惊的死亡射线。马修斯用他研发的射线引爆了在另一个房间的火药。而且他能使用这个射线点亮一盏灯或者连通其他的电源。那这种光线究竟会不会是死亡光线呢？他们用一只老鼠做了实验，这只老鼠被这种光线直接照射，老鼠被击中的部位出现了一段带有薰衣草颜色的光线，而这只老鼠则好像被雷电击中一样抽搐一会儿，然后迅速地死亡了。而马修斯并没有透露他是如何来制作这种光线的，并且他否认这是紫外线。

1931年10月。德国化学家科特·席姆库斯成功地用死亡射线引爆了200码（约183米）远的地雷。

1936年8月。美国加利福尼亚的发明者成功地用混合了超短无线电波和红外线辐射的死亡射线在30秒内杀死了昆虫，并且在9分钟内杀死了一条蛇。

1940年2月。根据安东尼奥·朗格利亚博士的叙述，研究癌症的放射性治疗时，他发明了一种能够在4英里（约6千米）外射杀鸽子的死亡射线。他的手已经因为这个可怕的东西而变形，他"为了人类的安全，从容地毁掉了这个致命的机器"。博士说："射线把血液改变为无用的物质与摄影过程中光转换银盐是一个道理。"但是他发誓再也不会透露半点儿关于死亡射线的进展，大概是因为他不希望有关邪恶的事物再出现在他手中。

1972年3月。美国五角大楼对死亡射线感兴趣在任何人看来都不足为奇，但令人惊讶的是，军事规划者并不打算用射线进行远程射杀，因为"当前的武器——从步枪到手榴弹——更便宜，更轻便，更容易使用"。他们更愿意用射线来防止导弹袭击，或是雷达跟踪。

2011年1月。来自美国印第安纳州的一名叫埃里克·杰克曼的19岁青年，将5800个镜片贴在碟形卫星信号接收器上，制造出一台"死亡射线"发射器。通过对镜片的合理排列，这个装置可以把阳光反射聚集成一个直径约两厘米的光点，可产生5000倍于太阳光的高温射线。这种光线足以熔化钢铁、蒸发铝、令混凝土沸腾、将石头变成岩浆，或者能瞬间杀死任何有机生物。

奇葩说：

我只是有一点儿感到奇怪，就是这些天天研究如何把人类"蒸发"的科学家脑子里整天在想什么？他们是有很多讨厌的人吗？

● 最强大脑：
把一首儿歌弄到语言转换器中转来转去，看上去没有什么技术含量。不过，能想到这个办法来"创造"一首具有后现代主义的诗，作者也称得上是"天才"了。

如何写一首让人看不懂的诗

/ 远 子

方法非常简单，首先你需要准备几个简单易懂的句子，比如这首脍炙人口的儿歌：

我在马路边捡到一分钱，

把它交到警察叔叔手里边。

叔叔拿着钱，对我把头点。

我高兴地说了声："叔叔，再见。"

然后打开在线翻译工具，把这段话翻译成日语，将日语翻译成俄语，再依次翻译成法语、西班牙语、阿拉伯语……最后再翻译成汉语。就这样，在语言的世界里转了一圈之后，再稍微改动一两个字，这首儿歌就变成了这样：

我一分钱买来的马，

警察叔叔的手在手里。

我的叔叔，我的头在省钱。

我的声音说："叔叔好。"

一首具有浓郁后现代主义气息的先锋诗歌就这样诞生了！值得一提的是，这是一首具有"国际视野"的诗歌，它的每一个字都保留着世界各大语系特有的语法结构。在通读几遍之后，我发现这的确是一首可遇而不可求的好诗。我忍不住对它进行了解读。

"我一分钱买来的马"是神来之笔，"马"是某种理想主义的化身，然而它只需要花"一分钱"就可以买到。这与毛姆的小说题目"月亮与六个便士"有异曲同工之妙，将形而下（一分钱）与形而上（马）

进行对比，表达了一种微妙而富有深情的批判。

"警察叔叔的手在手里"意思很明显，警察叔叔意味着一种权威，"手在手里"是对这种权威的形象化描述。我们很容易联想到一个把手背在身后的领导形象，他一言不发，但是似乎随时都在准备发号施令。

"我的叔叔"则指出了我与警察的关系，这种关系可能是血缘上的，但更可能是精神上的，因为我们总是容易将某种权威视为自己的亲人。就像弗洛姆的书《逃避自由》里所讲的那样，自由对于绝大多数人而言是一种避之唯恐不及的东西。在"我的头在省钱"这一句里，作为精神象征物的"马"已经不复存在，"我"满脑子想的只是"省钱"，因为"省钱"（一种克制和忍耐精神的象征）才有可能符合"警察叔叔"的逻辑。

于是，很自然地就引出了最后那个声音——"叔叔好"。这是对那个"手在手里"的警察叔叔的谄媚和奉承，象征着一种彻底的臣服和妥协。

从音律的角度来看，这首诗也颇有可取之处。第二、三、四句里都出现了"叔叔"一词，第三、四句里又连续出现了三次"我的"，这种回环往复的节奏感试图通过一种轻快的方式，讲述一个沉重的主题。它一方面突出了"叔叔"高高在上的地位，强调了我的胆怯与纠结；另一方面在形式上孤立了第一句诗"我一分钱买来的马"，使"马"这个形象显得越发孤独和绝望。当然了，任何解读都是误读。我所说的只是我个人一点儿粗浅的感受。

最后，如果大家嫌这首诗还不够晦涩，我建议大家可以把原诗先翻译成小语种，比如阿塞拜疆语、海地克里奥耳语、斯洛文尼亚语等，再翻译回汉语，这样效果一定会好很多。

大家学会了吗？

逻辑思维：

作者的这篇文章内容其实可以用一句话概括，就是"正儿八经的胡说八道"。虽然作者的目的很可能就是搞笑，不过这个方法也许能给诗歌写作者在没有灵感的时候提供思路。

小编说：

"还在寻找吗？从没有朋友到好朋友。崇拜礼节，握手，你是我的极佳朋友。"这是小编按照上述方法写的一首诗，能看出"原作"是什么吗？

● 最强大脑：

密码，无处不在，并且与我们的生活息息相关。可是太多的人并没有重视这一点。要知道，密码的泄露不只代表了个人资料的泄密，更有可能造成我们财产损失。所以，我们要保管好自己的密码。

怎样设置密码

/ William Poundstone

一项研究表明，1% 的密码可以在 4 次之内猜中。

怎么可能？简单！尝试四个最常见密码。password, 123456, 12345678, 和 qwerty，这就打开了 1% 的大门。好吧，你是那 99% 的人之一，但你还要考虑到如今黑客软件的速度。John the Ripper 是一款免费的黑客软件，每秒钟能测试数百万个密码。还有一款商业软件本来是用在刑侦领域里（在查封的电脑中寻找儿童、色情或者恐怖分子的信息），号称每秒能测试 28 亿个密码。

一开始，破解软件会运行一套穷举式的、时常更新的流行密码表，然后再是整个字典，包括所有的常见人名、昵称和宠物名。而今我们这些用户，在反复羞辱和威胁之下，大多学会了往我们的密码里加数字、标点和奇怪的大小写，这叫"重整"（mangling）。理论上，这能让密码变得难猜许多——实际上，效果远没有那么好。几乎所有人的思维都会遵循那些早已被踏平的熟门熟路。如果网站要求你的密码里必须有数字，那 password 变成 password1 或者 password123 的频率会让你吃惊的。而要求你必须大小写同时出现的密码就会产生 Password 或 PaSsWoRd。必须有特殊符号的结果则是 password! 和 p@ssword。你以为 $pider_Man1 这种密码真的看起来那么安全？每个人都觉得自己很机智，最后都机智到一块儿去了。

RockYou 事件

之所以我们对这些愚蠢密码有所了解，很大程度上来自于 2009 年 12 月 4 日的 RockYou.com 安全漏洞事件，他们是 Facebook 的一款游戏发行商。一名黑客公布了这个网站 32603388 位用户的账号名和明文密码。此前和此后都有很多安全漏洞，但是这起事件的超大规模使得它成为密码研究的关键数据组——无论是对好人还是对坏人而言。

在 RockYou.com 里最受欢迎的密码是"123456"，使用者人数高达 290731 人。"Epsilon793"本来不是一个很糟的密码——假如它不是《星际迷航：下一代》里 Picard 舰长的密码的话。七位数字"8675309"常见到不可思议的程度，因为它是当年一首流行歌曲里面的电话号码。

那怎样的密码才算安全？

创造一个安全密码简直是世界上最简单的事情：一串完全随机的字符就是了。靠自己的脑子是无法达成完美随机的，但你也不需要这样苛求自己：许多网站和应用可以拿环境噪声的数据给你提供完全随机的密码。这里是我在 random.org 上获得的一些密码例子：

Vk54z6XG

Px7YZrm3

NfdeKYsi

问题解决了？对于那些有迫害妄想的记忆狂人，或者那些用指纹识别来保障密码管理软件安全的人来说，确实如此。剩下所有人都甭指望能记住这堆字母。他们还说每个账户要有不同的密码！

比起专家来说，大多数用户都更在乎密码的方便好记，而不那么在乎安全性。我不知道哪一方更正确。你家里有紧急避难室吗？十有八九是没有吧，但那些

逻辑思维：

文章的论述是十分严谨的。首先告诉我们，我们的密码"并不安全"，之后介绍密码不安全的原因所在。再之后列举了如何设置一个安全密码的方法，最后以总结收束全篇。对于想让自己密码更安全的各位，这绝对是一篇实用性极强的文章。

装了紧急避难室的人肯定会告诉你这玩意儿有多重要。但在你飞奔向紧急避难室之前，也许确保自己始终锁好前门才是更佳的选择。

短语记忆法的问题

正如生命里所有别的事情一样，鱼和熊掌不能兼得，你不能同时拥有最高的安全性和最高的易用性。常见的策略里最好的一条是，把一个短语或者句子变成密码。你挑选一句话，一个词组或者一句歌词，用它们的首字母来作为密码。比如如果你要用 May the force be with you（愿原力与你同在）这句话，密码就是 Mtfbwy。

但刚才那句话最好不要用，而这就是问题所在。你肯定会想起某部电影、某首校歌或者《南方公园》里众人皆知的句子。

这个办法的一些缺点可以解决。比如，永远不要用名句。一个办法是用私人笑话。还记得科苏梅尔岛上餐厅里侍者对布伦达说的那句超好笑的话吗？你记得，布伦达记得，也许侍者还记得，再没有别人知道了。如果你选择这句话作为你的密码句，那么你很有可能是地球上唯一用这个句子的人。

但密码本身是不是独一无二，就不那么确定了。不同句子的首字母缩写也有可能是相同的，产生同样的缩写密码。有些字母更容易成为一个单词的首字母，而黑客软件可以利用这个特点。

反向短语法

运用密码—句子对应的最佳办法，是把传统的方案颠倒过来。不是找一个句子把它变成密码（这样的密码不会很随机），而是先找一个真正随机的密码，然后把它变成好记的句子。

我以前一直用简单愚蠢的密码。后来我被盗号了，网站给了我一个由随机数字和字母组成的临时密码，我刚准备把它改掉，突然意识到其实我不用改，这种随机的密码我还是记得住的。

我们的大脑非常擅长在随机的数据中寻找规则，这也是我们记住电话号码和身份证号的办法，这也同样可以用于记忆像 RPM8t4ka 这种随机密码，这是我刚在 random.org 上得到的。尽管这个密码确实是随机的，但我们的眼睛和大脑却可以立即从中找到记忆的规则。比如这个密码的前三个字母都是大写，后三个字母都是小写，数字 8 是 4 的两倍。

你也可以轻易地用一个无意义的短语来记住这个密码，比如 RPM8t4ka 就变成了 revolutions per minute, 8 track for Kathy（每分钟转速，给凯西 8 轨）。

我不知道这句话有什么意思，但我知道我可以相当容易地记住这句话。

一个强密码

我使用的是"一个强密码"的原则。考虑到密码在我们的生活中的重要性，记住一个随机字符串还是很值得的。你能记住你的电话号码，为什么不再记一个密码？

一旦你找到了你的强密码，"拼你的老命保护它"，用安全专家尼克·贝里（Nick Berry）的话说。尽一切力量让你的电脑远离恶意软件，只在值得信任和重要的网站用这个密码。至于游戏网站和其他不重要的网站，我会用和这个密码完全不同的一个简单密码。

偷走密码的办法实在太多，这有理由让我们在不同的网站使用不同的密码。一种定制方案是，取网站名字的最后一个字母，然后把这个字母放在你的密码的开头。比如在 Facebook，你就把 k 放在密码的开头，这样就变成了 kRPM8t4ka。尽管这种办法不是绝对安全，但也不错了。这样即便别人看见你在登录 Facebook 时输入的是 kRPM8t4ka，他也对如何获得你的银行密码一无所知。群体攻击者会收集成千上万的密码，只要其中有一部分原样也能在别的网站用就成了，剩下那些他很可能不会在乎。

我的强密码里并没有标点符号或者非 ASCII 的字符。万一有网站要求有这样的字符，我就在末尾加个好记的符号。

"找回密码"

有些身份窃贼会直接跳过密码这一环节，他们假装自己是忘记密码的用户，然后回答安全问题。如果他们猜对了，他们就可以把密码改成他们想要的，合法用户的信息不仅被出售，他们自己也无法登录账号了。

奇帅说：

Wzmlbjd1f$，有字母，有数字和特殊符号，这个密码够复杂了吧？不过这个密码其实很好记，就是一首儿歌的第一句，你看出是哪一句了吗？

2008年有人通过猜测萨拉·帕林（Sarah Palin，美国政治家）初次遇见她丈夫的地点而黑进了她的邮箱，四年后有人猜中米特·罗姆尼（Mitt Romney，美国政治家）最喜欢的宠物而黑进了他的账号，并不是只有名人需要担心这些问题，任何与你熟悉的人都可能猜出你的很多安全问题，而不认识你的黑客们则有针对安全问题的流行答案表——最常见的宠物名、旧车等。

最近，新闻报道常常吹捧一个应对策略：用毫无意义的答案。比如你用儿童黑话来回答每一个问题，或者用同一个无意义的答案回答所有问题。你母亲在结婚前叫Jimbob，你高中的吉祥物也叫Jimbob。

这个方法可能暂时有效，但如果有一天有很多人都使用这种方法，那它也可能失效——你选取的"无意义的答案"很可能和任何其他答案都一样刻板。

我总是诚实回答安全问题。你并不经常遭遇安全问题，过了好多年之后，当你想要证明你是谁时，你不会希望自己忘记答案的。许多网站会让你选择安全问题，我会选择真实答案并不那么普遍或者不容易被猜中的答案。

干吗这么费神呢？

大气里的二氧化碳能做汽水吗

Brandon Seah

> ● 最强大脑：
>
> 文章虽然是由一个看起来相当无厘头的想法引出的，但论证过程可不是无厘头的，而是由准确的数据支撑的。通过这篇文章，我们也能对二氧化碳排放量、汽水消费速率等问题有一个基本的认识。

在人类文明史绝大部分时间里，大气层二氧化碳的浓度约为270ppm，而在过去的100年间，工业化将这个数字提升到了400ppm。

1ppm的二氧化碳重约78亿吨，而一罐汽水中二氧化碳的含量在2.2克左右，因而你需要4.5×10^{17}罐汽水才能装完这么多二氧化碳，这足够把地球所有陆地表面都覆盖上10层汽水罐子了。

显然我们没有那么多地方来完成这个壮举，即使把这些罐子往上堆到太空边缘，它们也要占据罗德岛那么大的一块面积。

而且我们还需要更多的汽水罐子才能赶得上每天新排放的二氧化碳的速度。目前大气层中二氧化碳浓度正以平均每年2ppm的速度上升。

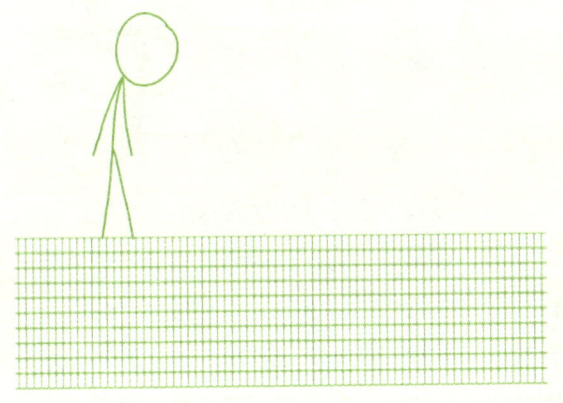

脑洞君，请收下我的膝盖

逻辑思维：

每个人的脑海中都曾经冒出过既有趣又脑洞大开的想法吧？作者这次带领着大家实实在在地针对一个开脑洞的想法进行了认真的探讨。既然二氧化碳是造成全球变暖的主要原因，那么我们能不能靠把二氧化碳做成汽水来减缓温室效应呢？作者通过缜密的推理和分析告诉了我们一个结论——这是不可能的。

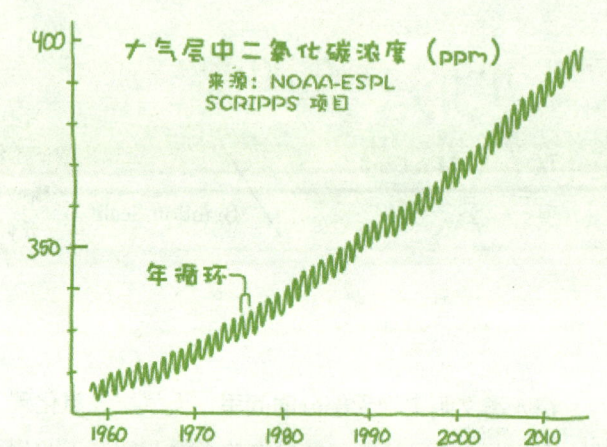

这么算来，平均每人每30秒就需要新增一个汽水罐子来存放新排放的二氧化碳，而这个速率是目前全世界汽水总消费速率的1万倍，也就是说每20年地面上堆积的罐子又会增加一层。

这新增的一层罐子可是相当烦人的。

那有没有什么办法能摆脱这个困境呢？

有。在某些地方，回收汽水罐子可以拿到一小笔钱；在我住的马萨诸塞州，每回收一个罐子可以换5分钱。如果我们把一年里收集二氧化碳的汽水罐子都倒空拿来换钱——而不是把它们堆在地球表面——我们一共可以拿到 372 万亿美元。

有了这么多钱,我们可以直接买下全世界目前所有的煤、石油和天然气储备——这不正是一切问题的源头吗?

然后我们可以把它们一股脑塞回底下,再也不去搭理它们。

奇葩说:

针对这个构想我只能说三个字——太棒了!应该立刻就开始啊!既能减少大气中二氧化碳含量,还能产汽水!一举两得的事为什么不做呢?哪怕只是在地球表面铺一层汽水罐子,我们也有喝不完的汽水了!

孙悟空进了太上老君的炼丹炉后

/佚 名

● 最强大脑：

《西游记》我们都太熟悉了，那么我们有没有想过，孙悟空这只"石猴"进了炼丹炉会发生什么化学反应呢？文章对这一问题的探讨十分有趣，而且看起来有理有据，使人信服。

脑洞君，请收下我的膝盖

逻辑思维：

当然，《西游记》的作者并不懂化学，《西游记》里孙悟空的各种变化也不是化学反应造成的，但作者要告诉我们的，是"科学知识无处不在"这一道理，希望每一个读者都能善用科学知识，善于发现日常生活中存在的科学道理。

奇葩说：

我明白了，原来"金身"就是碳酸钙啊！现在我赶紧找人给我打一套碳酸钙的盔甲，我是不是也能有"不坏金身"了呢？

话说，太上老君把泼猴孙悟空丢进炼丹炉，不眠不休地高温加热，就是没法治那泼猴。

那么，太上老君为什么不能将孙悟空炼化？我以为，真正原因是：古时候炼丹炉是煤炭炉，最高温度只能达到1200℃左右，而孙悟空是石猴，主要成分是二氧化硅，熔点1600℃左右，的确炼不掉！但是，孙悟空为什么会被炼成火眼金睛呢？原来二氧化硅在1200℃的高温下发生了玻璃化，所以具备了类似照妖镜之类的功能，可以看出妖精鬼怪。

那么八卦炉为什么会坏掉呢？因为孙悟空的组成并不只有二氧化硅，还有一部分碳酸钙。在高温作用下，会生成二氧化碳和氧化钙。二氧化碳使得炉内压力增大，最终导致爆炸，孙悟空才能破炉而出。

那么孙悟空破炉而出之后为何变得狂暴呢？因为他身上的碳酸钙变成了氧化钙，吸收空气中的水分，发生化学反应后发热，故而狂暴。

那么后来孙悟空为啥又温和了呢，还跟唐僧一起去西天取经？原来如来把孙悟空压在五行山下，长年风吹日晒，孙悟空身上的氧化钙又吸收了雨水，随后变成了氢氧化钙，所以性情也就变得温和了。

后来孙悟空为什么能够成佛呢？在西行的路上，孙悟空身上的氢氧化钙又在不断地吸收二氧化碳，最终到了西天之后变成了碳酸钙，所以变成了坚硬的金身。

以上，考证完毕，请叫我"化学达人"！

科教诗话

数学家华罗庚曾说过:"科学的灵感,绝不是坐等可以等来的。如果说,科学领域的发现有什么偶然的机遇的话,那么这种'偶然的机遇'只能给那些有准备的人、给那些善于独立思考的人、给那些具有锲而不舍的精神的人,而不会给懒汉。"当我们知道了这个道理后,才能创造更多的科学奇迹。

● 最强大脑：

作者在一本正经地和读者探讨"挖鼻孔"的问题，总觉得有些怪怪的。可以判定，除了科学知识之外，作者能够坚持写完这篇文章，其"忍耐力"也是超乎常人。

不挖鼻孔会死吗

/ 猫乱

前不久有一条热门微博＃常挖鼻孔小心丧命＃，看到这几个字，让人不禁鼻孔一紧。呃，说这话的人，你考虑过勒夫的感受吗？

挖鼻孔能挖出啥？一般来说，挖出来的就是鼻孔外缘干燥或半干燥的鼻腔黏液，以及鼻毛上夹带的灰尘和细菌，俗称鼻屎。鼻腔是一个绝对有菌的环境，但大多数细菌都不会对你的身体造成什么影响。

比如说，大约三分之一的人鼻腔中含有金黄色葡萄球菌，它是引起食物中毒的最常见致病菌，而且会伺人体虚弱之机引发感染。2006年，荷兰的科学家发现，如果一个人越爱挖鼻孔，那么他鼻子里就越可能携带金黄色葡萄球菌，但他们并不清楚挖鼻孔是不是导致带菌的原因，也没法证明改掉挖鼻孔的习惯就能减少菌落数目。

当然，如果你得了流感或者肺炎，挖鼻孔之后就应该好好洗手，以免把病菌散播到其他地方。用脏手挖鼻孔的确会提高感染概率，导致急性鼻炎、鼻窦炎之类，但引发严重感染的概率非常低。对于一个免疫力正常的人，只要不是挖得太深，或者挖得太用力，除了有可能会挖出鼻血，根本不必担心会出什么大问题。

事实上，鼻屎的存在正好表明鼻腔是具有自我清洁能力的。奥地利肺科专家 Friedrich Bischinger 就认为，挖鼻孔可以帮助清理一些致病细菌，而且无论用湿巾、纸巾还是镊子、铅笔，都不如用手指挖来得

干净。他甚至建议身体健康的人吃掉自己的鼻屎,说其中的细菌有助于提高人体免疫力。

加拿大萨省大学的生物化学教授 Scott Napper 也表示这是个有潜力的说法。为了激发学生对科学的兴趣,他还煞有介事地设计了相关实验,其中一半的人吃鼻屎,另一半人不吃。但招募志愿者却是个难题,因为人们报名的时候并不知道自己会被分在哪个组。从 Napper 教授对媒体提起这个实验至今已经过去了一年多,后事如何不得而知。

对于当今世界的绝大多数人来说,挖鼻孔一定是隐秘而普遍的存在。2001 年的"搞笑诺贝尔奖"之一就颁给了印度国家精神健康与神经科学研究所的两位科学家,他们发表在《临床精神病学》杂志的一项针对青少年的研究表示,挖鼻孔这一行为在社会各阶层都一样普遍,只有 4% 的被调查者声称自己从未挖过鼻孔,一半的人每天挖鼻孔 4 次或更多,而 7% 的人每天要挖 20 多次鼻孔,还有 4.5% 的奇葩说他们偶尔会把挖出的东西吃下去。

但挖鼻孔在人类历史上并非一直是一种行为禁忌。最为位高权重的公开挖鼻者大概是古埃及法老图坦卡蒙,据其保存完好的陵墓中发现的莎草卷轴记载,公元前 1350 年左右,他花了三头牛的价钱雇了一位皇家私人挖鼻夫。同时期的其他资料也显示,这在当时的埃及贵族中是非常流行的做法。

如果挖鼻孔成瘾到了无法控制的程度,就像有些人会不自觉地持续拨头发、咬指甲或者抖脚一样,成为一种强迫行为,那么就需要去看心理医生了。根据文献记载,曾经有位 67 岁的老先生发现他的右眼一直流水,而医生最终发现,原因竟然是挖鼻强迫症:长年挖鼻孔导致鼻隔穿孔,之后引起鼻窦感染,腐蚀了眼眶内侧壁。

逻辑思维:

就科普文章来说,这篇文章写得还是相当到位的。对挖鼻孔这一事件所引发的各种问题以及应对问题的方法都写得十分详细。还在科普之外引入了一些历史知识,能让人对"挖鼻孔"这件事有全面的认识。

奇葩说:

写到那位生物化学教授 Scott Napper 的建议时,那真是"画面太美,我不敢看"。不知有没有同学敢于尝试,不过如果真的有益于身体的话,也许未尝不可,不过,千万要在没有人的地方尝试。

打喷嚏是有人想你吗

张小羁

●最强大脑：

这篇文章时"打喷嚏"的分析与解释可谓是十分到位了。从东方西方，到各大宗教时"打喷嚏"的说法文中都有详细解释。可见，作者在历史、宗教及生物学方面都有涉猎。

　　直到今天中国人对于打喷嚏最常见的说法就是"一想二骂三念叨"，意思是打一声喷嚏是有人在想你，打两声喷嚏是有人在骂你，打三声就是有人在念叨。实际上，这个说法流传了数千年——最早可上溯至《诗经》，尤其是这个"一想"，把古人的浪漫情怀发挥到极致。

　　《诗经·终风》是一首讲男女恋爱的诗歌，里面有一句"寤言不寐，愿言则嚏"，意思是说："我想你想得睡不着，如果你也像我想你一样想我，那么我就要打喷嚏了。"看似难登大雅之堂的"打喷嚏"在这里堪比秋天的菠菜，寄托男女相思之苦。

　　希望自己打喷嚏，这样就代表我的意中人也中意我，古人在儿女情长上的小心思跟小编也无差别啊。也有反过来希望对方打喷嚏的，《牡丹亭》里柳梦梅思念杜丽娘，就说"叫得你喷嚏似天花唾"，以此希望她打喷嚏，知道"我想你"了。

　　此风一直流传，在历代皆有记载，而且诗人骚客和小说家们都拿此说事。以大丈夫气概闻名于世的辛弃疾也曾在自己的词中温柔地称"喷嚏"为"阿鹊"："山共水。美满一千余里。不避晓行并早起。此情都为你。不怕与人尤殢。只怕被人调戏。因甚无个阿鹊地。没工夫说里。"

　　喷嚏除了代表思念之外，还有可能代表被人在背后说闲话。宋代的洪迈在《容斋随笔》中记载："今

人嚏不止者，必嚏唾祝云：'有人说我。'妇人尤甚。"意思是在当时，如果有人不停地打喷嚏，这个人一定会一边吐口水，一边咒骂"有人竟然说我闲话"！女人尤其如此。可见打喷嚏是有人在背后说闲话的说法在宋代已经非常流行了。而在清人史襄哉编的《中华谚海》中也收有"打嚏有人说"的条目。

"阿嚏"乃养生大法

还有说法认为，打喷嚏有吉祥的寓意。很多地方的人打完喷嚏都要说一句"长命百岁"，譬如中国古代北方民族，《燕北录》记载："戎主太后喷嚏，近侍臣僚齐声呼'治夔离'，犹汉人呼'万岁'也。"清代梁章钜的《浪迹三谈》中说，这种风俗传到民间，凡小孩打喷嚏，"亦呼百岁及大吉以解之，则亦皆有所本也"。所以在很多地方如果是小孩子突然打了喷嚏，长辈就会一边抚摸他的脑袋，一边在嘴里念叨"岁岁平安，长命百岁"。

此说据说源于佛经故事，古天竺人以为，打喷嚏时，精气会被近处药叉吸走，因而得病衰老。若旁边有人祝愿打嚏者"长寿"，遂能去凶化吉。此俗后入中国，于宋辽两国都有流行。

佛教把喷嚏和长寿联系起来，道教也有这样的说法。道士们还把打喷嚏当作养生的方法。道家典籍中有"向日取嚏法"。其方法是：晴朗之日，待日出二丈，面向太阳，用鼻子吸气，此为得日精。吸气吸到"得嚏便止"，这样使之气通，由于清晨空气清凉容易刺激鼻黏膜，会打喷嚏，道士们相信，这样会使人补精还童长生。

遇到强光打喷嚏从今天的科学道理来看说法很多，其中一种说法是因为眼睛和鼻子的知觉受到同一条三叉神经的支配，而当阳光从眼睛进入时，鼻腔误以为对自己的刺激，故以喷嚏的形式欲将其异物驱逐

逻辑思维：

　　作者为了论证自己的观点，所使用的例证十分全面。从古诗词开始，扩展到佛教道教，再扩展到西方宗教，最后还为大家普及了一下生理学知识。文章内容包罗万象，是一篇极佳的说明文。

出去。能不能养生,没有经过科学统计,这里也不好说。

西方人眼中,打喷嚏是上帝和魔鬼的较量

今天我们可以理解古人由于在医学上不发达,于是在"打喷嚏"上赋予了许多神秘。不过这种神秘在一两千年前信息基本隔绝的东方和西方世界竟不谋而合,看来人类脑洞尺度之大不分地域和种族。

上文说到中国北方民族的臣民们在主子"打喷嚏"后要喊"万岁",而在17世纪的法国,帝王打喷嚏后的礼仪更加规范化,并明文载入国家的《文明礼法仪规大全》中:当国王或首相在宫廷打喷嚏时,全体官员必须说"上帝保佑您",然后全体后退半步除掉帽子弯腰行礼。

关于西方人在别人打喷嚏后习惯性说一句"上帝保佑您"的起源有几种说法,一种是说这种行为可追溯到大约公元6世纪的罗马,在当时黑死病泛滥时期,打喷嚏是黑死病的一大症状。据说"上帝保佑您"这一说法最初出自罗马教皇格雷戈里之口,用以保佑打喷嚏的人免于死亡。类似的,很多国家也有自己独特的说法来表达对打喷嚏者健康的祝福。德国人会说"为你的健康干杯"(Gesundheit),而这个单词现在也同样被广大说英语的人们采用。

打喷嚏在西方也与迷信有关。有说打喷嚏的人之所以需要上帝保佑,是因为人的灵魂是一种像空气一样的物质储存在人脑袋里的,如果打喷嚏,灵魂就会"喷"出来,而破解此局的方法就是念一句"上帝保佑您",这样灵魂就会被乖乖"叫"住,老实待着不走了。

还有反过来的说法,认为邪恶的东西其实是想通过打喷嚏的机会找一个间隙进入人的身体,而人把喷嚏打出来是一种防御行为,从而把恶灵逼出来,而这

个恶灵游离在外就有可能进入别人的身体，所以也要依靠上帝让这种事情避免发生。

当然，世界各地其他的人们都赋予"打喷嚏"不同的寓意。新西兰的毛利人相信造物主就是用打喷嚏的方式把生命赋予了第一个人；非洲南部的祖鲁人认为，打喷嚏是友善的精灵的赐福，当小孩打喷嚏的时候，大人们就喊："快长大！"希望被喷嚏唤出来的友善的精灵能促使孩子快一点儿长高长大。古代希伯来人也认为，打喷嚏是一件幸事，这意味着生命的存在，因为死人是不会打喷嚏的。

为什么打喷嚏独独受到世界各国人民的喜爱，都在它身上大做文章呢？想来想去可能是因为喷嚏作为生理现象有诸多不可思议的因素，比如它不可扼制，而且气量惊人，科学检测发现，喷嚏作为空气涌出，时速高达 100 英里（约 161 千米）以上，而打完喷嚏如药效般神清又目明。大概是这些在当时无法解释的神奇因素让人们对它青睐有加吧。

其实小编最不解的，就是文章刚开始提到的那一句"一想二骂三念叨"。既然打一个喷嚏代表有人想你，那么打两个喷嚏为什么不是代表有两个人在想你呢？

● 最强大脑：

"黑眼小孩的入侵"，从标题上看，像极了当下流行的科幻小说。不过，作者还是本着十分客观的态度为我们介绍了这一现象，并尽可能地引领我们一步步去探究事件背后隐藏的秘密。

黑眼小孩的入侵

译／汪世祯
编／琳达

"我能进来吗？我想用一下你家的电话。"

这似乎是一个合理的，也是礼貌的请求，你能忍心拒绝一个绝望的孩子发出的请求吗？或许你还没有想过，如今还有多少孩子没有手机，当你开门迎接他们时，你会注意到他们的眼睛是全黑的，这是你未曾意料到的。

这便是黑眼小孩(BEK)故事的起源。这个故事自20世纪90年代末以来逐渐升温传播，在北美的普及率达到歇斯底里的程度。这个故事还在网络虚拟营火会、奇异现象广播节目和播客中传播，甚至登陆英国，《每日星报》登载了在英国斯塔福德郡坎诺克·蔡斯发生的黑眼小孩的故事。

但是，最早目睹黑眼小孩的是美国记者布莱恩·贝瑟尔。1996年某日，贝瑟尔在家乡得克萨斯阿比林的一家电影院刚停下车，就听到侧窗有敲击声。两名9~12岁的男孩站在车外，穿着连帽上衣。打开车窗玻璃后，贝瑟尔看见靠近的男孩子卷发，皮肤呈橄榄色；另一名小孩则是红发，苍白的脸上长有雀斑。他们长相极为普通，可贝瑟尔却突然感到莫名的恐惧。

深色皮肤的男孩天真地问，他们是否可以搭一个便车回母亲家，因为他和他的朋友想看电影《真人快打》，想到母亲家取钱。看了电影院的放映布告，这部电影已经开映，搭便车毫无意义。除了孩子们继续请求和近乎催眠抚慰的声音，恐惧更加强烈地笼罩着

脑洞君，请收下我的膝盖

贝瑟尔。当孩子补充说"我母亲住得不远，我们只是两个小孩，我们没有枪或其他物品"时，贝瑟尔意识到自己竟无意识地伸手去开车门，但他注意到一个情况后，立即收回了手，原来这两个小孩的眼睛竟全是黑的，没有白眼珠和瞳孔，如同"无星的夜空中悬浮的毫无灵气的球体"。

万分惊恐的贝瑟尔摇起窗玻璃，换了倒车挡，并退出车位。黑眼小孩敲击着玻璃，疯狂地恳求："请让我们上车吧！"他加大油门，车子快速离开了停车场，他从后视镜看了一眼，黑眼小孩不见了。

布莱恩·贝瑟尔住在阿比林，在《阿比林记者》当作家，每当他驱车经过这一停车场时，都会感到一股冷气沿着脊柱从上往下贯穿。

贝瑟尔最初只是让少数几位网友分享他的故事，但故事很快在网上传播。与他签约的人开始增多，包括好奇的网民，奇人奇事收集者，一家韩国电视台，以及喜爱好故事的人。某些与他签约的人称与他有几乎完全相同的经历。随着故事的传播，进入2000年后目击黑眼小孩的证人越来越多。贾森·奥法特和戴维·韦瑟利等作家针对此选题撰写了许多文章和书籍，并将其疯狂地传播给其他媒体。

典型 BEK 案例

贾森·奥法特曾读过关于贝瑟尔于1990年目击黑眼小孩的一个早期帖子，立刻被迷住了。他多次采访贝瑟尔和其他经历者。多年来，他注意到这些目击证人的报告仅有很小的差异。以下是他对典型BEK案例的分析：

两名（通常是两名，有时一名，很少是三名）年龄在7~17岁之间的孩子，在一条偏僻的街道上向一名在家中（或车中）的人走过去，请求帮助。有时要求进屋讨一杯水喝，或借用一下电话；或要求搭便车去

逻辑思维：

如何以科学的态度介绍一种看似很灵异的现象？本文是一个很好的例子。以客观角度罗列出与这一现象相关的事件，并尽可能详细地介绍事件发生时的每一个细节。因为在细节中可能就隐藏着事件的真相。

某处。受害人因为不了解他们而有些害怕，但还是乐意帮助孩子的。孩子说话很自信，而且使用的语调和词汇更成年化。受害人感觉到自己被催眠过一会儿，不知道某种原因他（或她）又回过神来，注意到孩子的黑眼时十分害怕。这些案例在情节上都差不多。

当你邀请BEK进屋时，可能会出现一些对话。戴夫·施拉德讲述了关于BEK入侵民居卧室的故事。一个雨天，一对夫妻在家中休息，妻子看着窗外感到迷惑，在这么恶劣的天气里，为什么还有孩子在室外玩耍。这使她感到不安，不过她想起了工作的事而忘记了雨中的孩子。可是深夜醒来时，她发现有三名孩子站在她的床边。他们都有着奇特的黑眼睛。她的第一个反应是喊叫，但靠近她的一个孩子安慰她说："嘘……不要说话。我们只是想看看你。"当然，这只能起反作用，不过当她试图叫醒她的丈夫时，这些孩子消失了。

许多案例都表明与黑眼小孩相遇的人受到了不同程度的伤害。戴维·韦瑟利在《吉姆·哈罗德联合俱乐部预览》中讲述了一个案例：美国小镇的一位母亲带着她10岁的儿子将她的多用途跑车停在一家便利店门口。她的儿子坐在后座上，她下车进店2~3分钟后回到车上，就在她要发动车子时，从后视镜里看到一双冷酷的黑眼正凝视着她。她转身一看，一名十多岁的男孩与她儿子并排坐在后座，她连忙下车，拖出儿子，躲进便利店。店中服务员立即出门，检查车辆，但并未见到黑眼男孩。

这位母亲太害怕了，她不敢再回到车中，于是打电话让她丈夫来。她丈夫驾驶一辆卡车来到便利店。为了抚慰妻子，他同意交换车辆，他自己开跑车。可是在离家只有几公里处发生了车祸，跑车彻底报废，幸好人只是受了轻伤。此后，他们的儿子患过多种病，包括胃痉挛以及皮疹，治疗了好几个星期才痊愈。

母亲曾问过儿子是否认识入侵到车内的孩子，儿子回答，他之前从未见过入侵的男孩。当母亲下车进便利店时，黑眼男孩便走过来问道，是否可以搭个便车回家。当地有欢迎搭便车的传统，于是10岁男孩便邀请陌生人上了车。

遭遇黑眼小孩后，受害人所患疾病与遭遇"灰色"外星人所患疾病极其相似，正如戴夫·施拉德在《超自然播客》中所讲述的故事。讲的是一对在加勒比度蜜月的新婚夫妇的遭遇。新婚夫妇在月光下的沙滩上散步时，一个穿着睡衣的年轻姑娘在沙滩近水处向他们呼救。听到呼救后，新婚夫妇走过去问她发生了什么事情。姑娘并未回答却反向海水走去。当姑娘接触到海水时，这对夫妇停住了脚步。此时，姑娘回过头来召唤他们再靠近她一些，新婚夫妇见到姑娘全黑的眼睛，受到突然惊吓的他们立即转身往回跑。事后，他们在沙滩上只发现他们两个人的脚印，BEK消失了，但在沙滩上没有留下任何印记。

尖叫的黑眼小孩

刊载于2014年9月30日《每日星报》上的故事把BEK介绍到英国，并引发了潮水般的报道，内容包括BEK活动于伦敦地铁，或藏在学生的衣柜中，或经常出没于一些地段，还会装扮成邪恶的小丑狂舞作欢。

坎诺克·蔡斯城的故事涉及2014年夏季的一起目击事件。一位母亲和她的女儿在斯塔福德郡风景区桦树谷散步，她们忽然听到小孩的喊声，她们判断叫声是不远处传来的，于是便朝着声音跑过去。"我们没有找到小孩，于是停下脚步，喘口气儿。此时我转过身去，看见一名十多岁的女孩站在我的身后，她用双手遮住了自己的眼睛，然后她把双手放到身体两侧，并睁开了眼睛；我看到她的眼睛是全黑的，没有瞳孔，也没有眼白。"出于母亲的本能，她紧紧抓住女儿，黑眼小孩消失了。

很明显这并不是坎诺克·蔡斯城地区首次出没的黑眼小女孩。当地的超自然现象调查员和作家李·布里克利告诉《每日星报》记者，1982年还是十多岁姑娘的布里克利的姨妈与朋友外出时，也听到类似的呼救声，地点相同，时间在傍晚。她朝着呼救声跑过去，寻找女孩。她看见了一名大约6岁的小女孩在前面跑着，在她消失于阴暗的树林之前，小女孩回过头来，显露出全黑的眼睛。布里克利告诉《每日星报》记者："警方也进行过搜索，但没有结果。在当时很少有人相信，当地会发生这样的奇异事件。"

但随着目击黑眼小孩事件的频繁再现，使这一地区成为超自然现象调查员、记者和心理学家们访问的

热点。包括哈姆雷特，他借《每日星报》上的几篇文章配发的幽灵照片推断黑眼小孩事件与蔡斯城地区黑死病和白喉病流行所造成的破坏有关。

　　对于神秘学研究者来说，《每日星报》上的报道远不够精确。他们以制造轰动效果的方式来报道事件。李·布里克利是最早与媒体接触，并提供大量信息的调查员。他说："报纸在报道目击黑眼小孩事件时全是错误的。实际上，大多数人在起初并未意识到这孩子与正常孩子有什么不同，只是在离得足够近时才发现孩子的眼睛是全黑的。喊叫则是小报的另一个伪造。在大多数报道的事件中，发现的孩子是在傻笑。只有一个案例称孩子发出痛苦的声音。"

　　他们想干什么？

　　与遭遇外星人类似，遇到黑眼小孩也会出现遭遇后患病等现象，李·布里克利着重提示，BEK 具有外星人的特性，与该地不断增加的目击 UFO 事件可能有某种联系。

　　所遭遇的生灵具有与超自然传说中的怪兽精灵相类似的特性。它们像幽灵，但具有外星人的眼睛，它们需要被人邀请入室，这一点有些像吸血鬼，它们会与我们打招呼，甚至引诱我们，像个女妖。

　　BEK 的故事与许多传说，尤其是惩罚乐善好施行为的警诫故事具有共同的特点。我们暂时搁置关于 BEK 真实身份的争论，或许有人会问，为什么会针对这些似乎无辜的孩子的行为做出警诫？

　　贾森·奥法特并不认为这些神话般的叙述是 BEK 热潮中的主导力量。他说："我与许多相信 BEK 本质上是恶魔的人交谈过，他们认为 BEK 是幽灵，或者外星人混血儿。其中有一些人声称自己是恶魔撒旦的后代。不论他们是什么，我采访过来自四大洲的人，他们都遭遇过 BEK，他们都深信，BEK 是真实存在的。"

那么，我们是否要亲自体验一下遭受 BEK、巨灵、恶魔，或者外星人混血儿的侵犯？布里克利的回答是肯定的。他告诉《每日星报》，2014 年 10 月将"大量出现 BEK"事件。他说："我相信在 2014 年 10 月目击事件的报告和频率将开始增加，因为在坎诺克·蔡斯城发生了奇特的事情……我认为，如果这些恶魔决定再现于世，世界将发生重大变化。"

随着黑眼小孩入侵日期的度过，并没有出现什么重大后果，或许我们当前不必担心自己会遭到入侵。

作为典型超自然属性现象，黑眼小孩的入侵早已不是什么新鲜事儿，那为什么它会无所不在地出现于世界各地呢？或许要从滋生和热捧 BEK 的媒体——互联网上去寻找。"黑眼小孩"提供了时尚的搜索引擎和播客的火爆，并吸引更多网友。作为市场开拓，这是成功的。一旦你从广播节目或播客中听到令人毛骨悚然的 BEK 故事时，你会渴望听到更多。

不论 BEK 的真实身份是什么，可以肯定的是，BEK 的讨论是不会停止的。

奇帅说：

"黑眼小孩"到底是什么？真的是超自然力量吗？还是谣言的流传导致许多"目击者"看到的只是自己的幻觉？又或者他们根本就是在说谎？当然，也有可能只是调皮的孩子戴了一种新型的隐形眼镜。这一切的秘密就留待科学揭晓吧。

飞蛾扑火是傻帽行为吗

刘宇翔

● 最强大脑：

"飞蛾扑火"这个"美丽的谎言"已经流传上千年了，因为许多人的"人云亦云"，事情的真相竟然直到今天才得以揭开。历来得以揭示事物本质的人，都是不迷信书本，善于亲身调查实践的人。

先说结论吧：几百年来，我们一直认为昆虫有趋光性。然而，这是赤裸裸的误读。昆虫并不具有真正意义上的心甘情愿的趋光性。

现象大家都知道：许多昆虫，只在夜幕降临后才飞行于花间，一面采蜜，一面为植物授粉。因此，夜行昆虫大多有趋光性，这是一个被所有人都接受的客观事实。

如果你问一个小学生，昆虫为什么要趋光呢？他很可能回答：因为晚上太黑了看不见呀，昆虫们想要在光线好一点儿的地方进行工作和生活呢。这似乎很符合人类的直觉，是的，笔者以前也这样天真地以为过。

趋光性的真相到底是怎样的呢？

在这个天大的误会当中，最悲剧的就是飞蛾这一物种。早在1600年前的《梁书》里，就有关于飞蛾扑火的引用——"如飞蛾之赴火，岂焚身之可吝"，将飞蛾扑火的行为形容得何其悲壮哉。

更有甚者，古今中外有很多的文人墨客、励志大师还把它提炼成了一种心灵鸡汤——"飞蛾扑火的精神"，还引申出什么亮剑精神、勇士精神、舍生取义的精神，无论从哪个角度看都饱含着满满的正能量。

可是，飞蛾真的是自愿扑火的吗？科学家经过长期观察和实验，在近年才终于揭开了"扑火"之谜。

擦，原来飞蛾根本不想扑火，甚至根本不想

脑洞君，请收下我的膝盖

趋光。

原来，亿万年来，夜晚活动的蛾子等昆虫都是靠月光和星光来导航。科学家发现，飞蛾等昆虫在夜间飞行活动时，是依靠月光来判定方向的。飞蛾总是使月光从一个方向投射到它的眼里。飞蛾在逃避蝙蝠的追逐，或者绕过障碍物转弯以后，它只要再转一个弯，月光仍将从原先的方向射来，它也就找到了方向。这是一种"天文导航"。

因为是极远光源，光到了地面可以看成平行光，能作为参照来做直线飞行。注意蛾子只要按照固定夹角飞行，就可以飞成直线，直飞才最节省力气。角度稍微一调整，就可以直飞另一个目标。

但自从人类学会了使用火，这些人造光源因为很近，光线呈中心放射线状，可怜的蛾子就开始倒霉了。

飞蛾看到灯光，错误地认为是"月光"。因此，它也用这个假"月光"来辨别方向。月亮距离地球遥远得很，飞蛾只要保持同月亮的固定角度，就可以使自己朝一定的方向飞行。可是，灯光距离飞蛾很近，飞蛾按本能仍然使自己同光源保持着固定的角度，还以为按照与光线的固定夹角飞行就是直线运动，结果越飞越坑爹，飞成了等角螺线，飞到火里去了，这种现象还被人类称为昆虫的正趋光性。

以上就是飞蛾扑火的全部真相。

不只是飞蛾，大部分夜间活动的昆虫，都有同样的能力。例如，直到最近5年，我们才知道，原来屎壳郎也是采用星光来导航的，它的导航方式和飞蛾一模一样。可怜的昆虫们在亿万年来好不容易才进化出来的神奇夜间导航技能，不承想，到最后竟成了它们生命的最大威胁。

可是有人会问了：人类使用火都这么久了，昆虫

逻辑思维：

作者在开篇就提出了要论证的观点，即"昆虫并不具有真正意义上心甘情愿的趋光性"。接下来揭穿了"飞蛾扑火"这一"美丽的谎言"，之后再给出飞蛾"趋光"的真正原因，论述完毕后，在文章的末尾对整个主题进行了引申，提出了"进化时滞"的问题。这样写来，使文章不只具有科普性，更具有了深刻的教育意义。

们为什么不能与时俱进一点儿？

因为人类使用火的时间虽然很长，可能有数百万年，但人类直到几万年前才走出非洲，7000年前才建立文明。在漫漫的历史长河中，在波澜壮阔的生物进化史中，这样的影响范围实在太小，时间也太短，以飞蛾为代表的昆虫，还来不及进化出新的导航方式。这就少有人注意到"进化时滞"现象。

那么问题来了：你有没有想过，人类自己也身处大量"进化时滞"之中，常常迈着自信的步伐去扑火，而又不自知呢？

脑洞君，请收下我的膝盖

奇舳说：

看到这篇文章，我想大多数人的反应是"最后知道真相的我眼泪掉下来"。读了这么多年书，到现在才知道"飞蛾扑火"真相原来是这样。如果飞蛾会说话，肯定要把人类骂惨了。进化了亿万年好不容易才进化出来的神奇夜间导航技能，就让人类的一把火给破坏了！

飞机上就应该放屁

柯玉升

● 最强大脑：

"放屁"是个小问题，不过，小问题不解决的后果也很严重。这篇文章告诉我们，只有切实考虑到每一个人可能出现的各种问题，为之提供最合适的服务，才能实现服务业与顾客的"双赢"。

"美国航空公司一架飞机不得不在飞往达拉斯的途中中断飞行，临时降落在纳什维尔。因为一名饱受腹胀折磨的女乘客令机舱内臭不可闻——这名自觉尴尬的女士每放一个屁就点燃一根火柴，想用火柴燃烧的烟味盖住令人不适的气味，结果适得其反……"这则新闻刊登在德国《世界报》上，标题竟是《为什么您在飞机上应该放屁》。

放屁虽然是个禁忌话题，但其实平常得很。每个人体内每天都会产生约1.5升气体。多数气体通过肠道内壁进入血液，然后在肝脏被分解，通过肺排出。无法分解的气体随后通过放屁解决，而且排放速度很快：放屁产生的空气流动速度可达每秒0.1米到1.1米。

人每天平均放12.7个屁，每个屁由40毫升气体组成，主要成分是无臭无味的氮气、二氧化碳、氢气、氧气，以及少量很臭的硫化物。

就是这少量的很臭的硫化物，让人们在公共汽车上，或是办公室等公共场所，备受"煎熬"，也令放屁者尴尬不已。一个空气相对流动的地方，令人如此难耐。飞机上这个相对密闭的空间里，叫人如何消受得了？但大凡坐过飞机的人都有这个感受：一旦飞机飞上了高空，生理上就有放屁的需求。

在空中飞行的时候，人为什么有放屁的感觉呢？因为气压降低了。当飞机飞到高空时，外界气压变低，

逻辑思维：

要谈论的话题由一则热门新闻引出，这是许多科普文章常用的手法。在引出话题后，文章主要探讨了三个方面，即为什么在高空会有放屁的感觉；飞机上应该怎样避免屁的产生；航空公司应该怎么处理乘客放屁的问题。

虽然机舱内有增压系统，但是压力还是比地面低许多，这时，人体内的气体就会"乘虚而入"，迅速膨胀起来。当飞机的飞行高度达到3500米以上的高空时，人体内的几乎所有这种气体都会涌入肠道，令人频频放屁。飞机飞得越高，人的肚子就越胀。

"有屁是要放的，否则有可能引发腹胀、腹痛、消化紊乱。这是因为不把腹中的气体释放出来会令肠道紧绷，令气体滞留在肠道弯曲处，造成多种不适。"这是专家的观点，也就是"为什么您在飞机上应该放屁"。既然这样，是不是可以提倡乘客在飞机上"肆无忌惮"地放屁呢？

不行！因为飞机是一个相对密闭的空间，空气不流通、活动范围也比较小，在这么一个地方，想要尽情放屁，于己于他人都不利，也确实有失公德。

但也别怕，"屁"大一点儿事，是不难解决的。在飞机上缺乏运动无疑会促进腹胀，但在飞行过程中饮食不当也有同样效果。找到了问题的症结，专家提醒：经常乘飞机的人为了不再增加腹中的胀气，在飞机上不喝酒、碳酸饮料、果汁和咖啡，而是应选择饮用不加糖的茶或矿泉水。吃饭的时候，最好不要吃沙拉和水果。还有一些乘客会服用消除胀气的非处方药，这些药物会促使气体在胃肠道中分解。

避免屁的产生，这是最有效的方法。其次，就是屁放出来了，如何处理好它。来自哥本哈根大学的研究人员的推论，他们觉得使用活性炭在飞机坐垫，甚至是地毯上，可以有效吸收乘客放出的屁。相信，随着科技的进步，人们会想出更多的解决放屁的问题。

"屁"大一点儿事，到了空中就这么难解决！不难想象，在认识苍穹、了解苍穹的过程中，还有许多问题亟待人们去解决。难怪有人将"在飞机上放屁"这句话制成一则谜语，答案竟是"臭气熏天"。

奇葩说：

这篇文章最大的意义，就是为在飞机上放屁提供了强大的理论支撑。今后大家再坐飞机，如果想要放屁的话，就大胆地放吧，毕竟，憋着可是有害身体的行为。

一滴血里的侏罗纪世界

陈 墨

● 最强大脑：

《侏罗纪公园》的电影情节会成真吗？我们能通过恐龙的血来复活出那些史前的庞然大物吗？恐龙血真的能保存下来吗？如果真的在恐龙化石中发现了血细胞，我们该怎么做？

在红遍全球的科幻电影《侏罗纪公园》系列中，凭借琥珀内蚊子肠道里的一滴恐龙血，科学家们提取DNA复活了这种生活在6600万年前的生物。而在大银幕外的实验室里，不久前，塞尔吉奥·博尔塔佐把高倍显微镜对准一枚恐龙化石磨片，这位生物医学物理学家被眼前的一幕惊呆了："等等！这看起来——像血！"

在利用新式电子显微镜扫描法等一系列成像技术研究了8个"看起来像垃圾一样"的化石样本后，博尔塔佐的同事、英国伦敦帝国理工学院的研究者们惊讶地发现，这些白垩纪时期、保存并不完好的化石中竟然包含了酷似血红细胞、胶原蛋白纤维的软组织。

这项研究成果刊登在《自然通讯》杂志上，当与之同时面向全球公众的电影《侏罗纪世界》再掀恐龙热时，科学家们也兴奋不已。"如果我们能证明这些发现确实准确，将为研究恐龙的生存和进化提供全新的视角。"博尔塔佐说。

当暴虐霸王龙在银幕上横冲直撞时，科学家们正通过显微镜探索化石里的侏罗纪世界。

博尔塔佐和同事费尽周折从伦敦国家历史博物馆的仓库里搞到8块化石碎片，断骨被切成磨片放在显微镜载物台上。

那是一个再普通不过的早晨，博尔塔佐观察着一块来自戈尔岗龙的磨片。7500万年前，这种身长堪

比卡车的肉食性恐龙在加拿大西部横行霸道。按照长期以来的假设，皮肤、肌肉、血液等有机组织早就会腐烂，仅有部分坚硬的骨骼得以形成化石，博尔塔佐正盯着的，是两吨硕大身躯仅存的一截趾骨。

令人意外的是，呈现在镜头下的并不是平常的骨晶体，而是并未石化的软组织。椭圆形的细胞石榴籽一样聚在一起，尽管不敢相信，博尔塔佐还是不得不承认，这千万岁级趾头中的组织，像极了红细胞。

这并不是研究者第一次在恐龙化石中发现类似软组织。10年前，美国的考古团队在用直升机吊起霸王龙化石时，不慎折断了一根腿骨，北卡罗来纳大学古生物教授玛丽·施魏策尔发现断面上疑有新鲜组织，由此从这根6800万年前的大长腿化石中分离出了柔韧、透明的血管组织残留物。

博尔塔佐"疯了一样"发了一连串信息，研究伙伴梅德门特闻讯赶来。"我的第一反应是这不是真的。"作为地球科学与工程系的初级研究员，梅德门特"知道"这些软组织只在"极为罕见的情况下"才有可能出现在"保存十分完好"的化石之中。"我们用的化石一点儿也不罕见。"梅德门特说道。那些"边角余料"保存得非常差，仅凭外观"甚至看不出来自什么龙"。

更令研究者惊讶的是，在另一块无法辨认龙种的肋骨磨片中，发现了黑色和白色的绳状纤维结构，与胶原蛋白非常相似。在此之前，即便在保存完好的化石中，发现的最古老的胶原软组织出现在400万年前，而此次研究中的化石均形成于白垩纪，距今至少6550万年之久。

"意外"在鸭嘴龙、剑龙、三角龙等化石碎片中接连发生，8个残破的样本中，有6个包含了酷似红细胞、胶原蛋白纤维的组织。

梅德门特做出了大胆的假设："如果在保存如此之差的化石里能够发现软组织，这也许意味着，（化石中）软组织的存在比我们设想的更为普遍，甚至是'正常'现象。"

当脚蹬高跟鞋的女主角在银幕上和霸王龙上演追逐战时，这项刊登在《自然通讯》上的研究也在古生物学界引起热议。"这说明化石不仅是'石头'！"多年来致力于研究化石中软组织的施魏策尔说道，"就在几年前，（研究成果）还被视为不可能。"

创造"不可能"的这支团队得以组建，纯属"好奇"使然。与生物医学物理学家博尔塔佐在一次会议上偶遇后，古生物学家苏珊娜·梅德门特提议用对方研究活体组织的高性能显微镜观察恐龙化石，无非想要"看看会发生什么"。

复活恐龙需要完整的 DNA 链条，已知任何保存方式都不可能做到，研究者决定反其道而行之，让鸡"退化"成恐龙。

全球"龙粉"有望在银幕上看到更接近真实的"侏罗纪世界"，但就现有的发现和研究成果而言，这种对"真实"的还原还只能依赖电脑特效。

尽管发现的细胞里"似乎保留了血液的原始成分"，但博尔塔佐和梅德门特还是没能找到 DNA 的蛛丝马迹，哪怕是断掉的 DNA 链条。

根据担任《侏罗纪公园》系列电影顾问多年的落基山古生物学博物馆馆长杰克·霍纳介绍，一旦细胞死亡，化学功能关闭，细胞核中的 DNA 迅速分解，"千百万年后，什么也不可能剩下了"。

即便找到 DNA 碎片，也无力把它补齐，而复活恐龙需要完整的 DNA 链条。与电影中的理想的情节不同，琥珀不是 DNA 的"保险箱"。眼下，除非有某种尚未发现的保存方式，能使生物的 DNA 序列不致断裂，否则侏罗纪公园不可能成为现实。

在创建了中国第一个恐龙网站的中国地质大学博士生邢立达看来，对这种古老神秘的生物，人类"只有 100 块拼图里的三四块"。

近年来，"恐龙进化成了鸟"已经从美好的猜想成为确凿的学界共识，这也引出了古生物学者们对《侏罗纪世界》的专业"吐槽"。"最受诟病的就是没有复原迅猛龙。"邢立达告诉记者，已有确凿的化石证据表明，迅猛龙身上是带有羽毛的。

这很大程度上是为了与前几部电影中的迅猛龙形象保持一致。普通观众看惯了颇似大蜥蜴的迅猛龙，很可能接受不了它毛茸茸的新装。

一心想复活恐龙的杰克·霍纳却由此找到了另一条路：利用"逆向基因工程"技术，唤醒鸡沉睡的恐

逻辑思维：

文章以化石中存在软组织这一现象为引，认真探讨了"复活"恐龙这一庞然大物的可能性。这涉及十分高深的生物学知识，诸如 DNA 的构成以及保存、复原问题，还有生物的进化问题，许多问题还是现代科技仍未解决的"悬案"。虽然"复活"恐龙看起来困难重重，但文章的末尾依旧给了大家希望，那就是，在科学上永远不要说"永不"。

龙基因，使其"退化"成恐龙。哈佛大学、耶鲁大学的研究团队已经成功把鸡嘴还原成恐龙嘴的样子，而霍纳团队正在努力"复原"鸡尾，"把翅膀重新变成手臂和爪子"。如果能找到足够多不同种类恐龙的红细胞，科学家或许可以勾勒出恐龙逐渐由爬行动物飞向天空的过程。

与"嫡亲"鸟类和"表亲"鳄鱼对比，已经成了还原恐龙生活的常用方式。如果此番发现的软组织确实在化石中广泛存在，这些灭绝了6600万年的巨兽或许将有机会用"血肉之躯"重新讲述自己的故事。

邢立达饶有兴味地说起《侏罗纪公园1》里的经典细节，孩子们躲在厨房里，迅猛龙追至窗外往里看，喷出的鼻息使玻璃蒙上雾气。

"这说明迅猛龙的呼吸有温度，是温血动物！"邢立达兴奋地描述道，这部22年前的电影里融入了当时最具颠覆性的发现。

时至今日，学者们一直对恐龙究竟是冷血动物还是温血动物争论不休，这与它们的习性直接相关——究竟是像爬行动物一样迟缓笨重，还是已像鸟类一样敏捷轻灵？

答案很可能藏在红细胞里。梅德门特介绍，已知脊椎动物的红细胞越小，新陈代谢率越快，而大多数新陈代谢率快的动物为温血动物，较慢的多为冷血动物。因此，通过对比其他物种的红细胞，科学家们将可以确定恐龙的相对新陈代谢率、血液温度，进而推测它们的生活。

如果能找到足够多不同种类恐龙的红细胞，科学家甚至可以推测哪种恐龙是温血，哪种是冷血，据此勾勒出恐龙逐渐由爬行动物飞向天空的过程。

在此之前，"仍需做大量的工作才能确定我们观察到的是不是恐龙的软组织。"博尔塔佐说，"也许受伤的某个人或某只鸟在化石上流了血，我们又刚好用这一小块做了研究样本。"

利用一种名为聚焦离子束的医学研究技术，研究者们在化石中"红细胞"的内部发现了致密的细胞核。"这排除了有人在样本上流血的可能。"梅德门特解释说，因为包括人在内的哺乳动物血红细胞里没有细胞核。

在使用质谱仪进一步分析化石"红细胞"和"胶原组织"，并与世界上最古老的一种鸟类——鸸鹋作对比后，研究者发现化石中"红细胞"成分与鸸鹋血液非常相似，"胶原纤维"中也包含了与鸟类骨骼质地相同的氨基酸。

"种种迹象表明，我们（在化石中）发现的软组织是红细胞和胶原纤维。"博尔塔佐对记者说道。"我们必须保持质疑。"梅德门特也说，"但我们俩都想不出这些结构还能是别的什么东西。"

她甚至让一位真菌专家辨认样本中是什么"孢子"，而对方回答说："我不知道，它们看起来像红细胞。"

如同留在蚊子体内的一滴血，封存在坚硬骨骼化石里的红细胞固执地保持柔软，在物种消失数千万年以后，保存着生命的秘密。

梅德门特团队正在继续研究更多的样本，试图找出软组织得以保存的原因和方式。除此之外，通过比对指纹般独一无二的胶原结构，科学家们有望判定恐龙物种间的远近亲疏，绘制不同恐龙间的"家庭树"。

"这些保存不善的破化石是恐龙拼图留给我们的线索。"梅德门特并没有放弃复原恐龙的努力，"在科学上永远不要说'永不'，如果我们使劲找，谁知道将来能找到什么呢？！"

奇趣说：

想想看，要是真的能复活这些史前的庞然大物，那也是挺酷的事情呢。没准将来我们都能养几只迅猛龙、翼龙，没事可以骑着逛街、飞天，而且节能环保，不污染大气，这也许还能解决新能源问题呢。

● 最强大脑：

文中提到的几位医生不仅拥有着"最强大脑"，还拥有着顽强的意志和奉献的决心。正是这一代代勇于献身的人的出现，才带来了医学的发展与前进。他们值得我们致以最高的敬意。

疯狂的自体实验者

／诺顿

脑洞君，请收下我的膝盖

吞下血吸虫、霍乱弧菌以及各种各样"重口味"的东西，给自己注射患者的血液，往心脏里送导管，在后背做伤口——有一群科学家的行为让人叹为观止，要问他们为何做出这些事来，那实在是一部部混合着无私、自大、勇气、好奇以及十足傻气的奇谈。

1908年，美国医生克劳德·巴罗对血吸虫病产生了兴趣。当时他在中国农村传教，发现经手的病人有半数感染了血吸虫病。这让他非常好奇。为了找到感染原因，巴罗吞了一些从感染者身上取出的虫。

是的，你没看错。就算是在黑暗中，或者即使想象一下这个实验，都让人感到恶心。但巴罗只顾着期待，吞了虫子之后，自己的另一头会出来些什么。

第一次没啥发现，他猜是肠道里的消化液破坏了实验。第二次，他用小苏打中和了消化液，吞下虫子，又如平时一样吃了晚餐。试到第三次，他发现自己排出了虫卵，不觉大喜过望。如此坚持了一年，最后他服药排净了寄生虫。

这只是西方版"神农尝百草"故事的引子。14年后，巴罗到埃及开罗工作，当时这个国家正为血吸虫病所困。血吸虫病又被称为"大肚子病"，是当时全世界最为盛行的疾病之一。这种寄生虫能在人体内存活数十年，有时也寄生在淡水螺体内。巴罗想知道，美国的螺会不会成为第二中间宿主。

他试着带螺去埃及，但它们大多死在途中。为避

免办理进口许可证，他决定用自己的身体来运输血吸虫——美国海军防疫医疗队的领导认为，这可实在不是个好主意，因为血吸虫会引起痢疾、贫血以及恶性病，甚至会要人的命。

巴罗没有被吓退。3周多的时间里，他给自己喂了4次虫子，然后就这么"带"着虫子，登上了回美国的飞机。

起初，他不停地流汗、头晕目眩，食欲严重下降。3个月后，他的阴囊开始流血，在显微镜下能看到里面有血吸虫卵。再后来，他夜夜出汗不止，还开始便血。因为20分钟就要排一次尿，他没法睡觉。这是极为严苛的考验。

最后，他不得不回到埃及的专科医院，靠注射锑来治疗。锑是一种危险的物质，严重损害了巴罗的心脏，不过幸好最终起效了。算起来，从巴罗故意感染上血吸虫病起，他经历了漫长而悲惨的18个月，直到不再排出虫卵。

不过，科学的领奖台上不乏这样的"傻子"。

1981年，澳大利亚消化科临床医生巴里·马歇尔与罗宾·沃伦合作，推断幽门螺旋杆菌可能是胃炎和消化性溃疡的病因。为了验证这个假设，巴里开始做实验：他把一支试管放进自己的喉咙，让它滑入胃中，蹭下几片胃黏膜来做检查，确认自己既无肠道感染，亦无感染幽门螺旋杆菌。过一段时间胃壁愈合后，他便吞下了事先培养好的幽门螺旋杆菌。

当然，他也做了其他的一些准备工作：首先，他没有让医院伦理委员会知道，以免他们阻拦；其次，在仰脖喝下这些细菌之前他一直瞒着夫人。巴里当时才30岁，他和罗宾都不是肠胃病学家，他们的实验即使说出去也会被人嘲笑——谁能相信胃酸里能有细菌存活并致病？

逻辑思维：

这几位医生只坚持一个道理，就是"实践出真知"，只有亲身实践才是发现事物本质的方法。当然，我们不必做出文中那样"疯狂"的举动，但避免盲听盲信，遇到事情亲自去调研一番，我们还是做得到的。

其实就算不说,他的夫人也能猜到,因为没过几天他就无精打采,还开始呕吐。更惨的是,她对他冷嘲热讽,说他口气"腐臭"。

不过幸运的是,科学"大餐"起效了。巴里肠道组织的一系列活检报告显示,他患上了严重的胃炎和消化性溃疡。接着他们又证明了,除去幽门螺旋杆菌后,症状会消失。

1984年4月5日,这项研究成果在权威医学期刊《柳叶刀》上发表,立刻在学界引起轰动。这一研究打破了当时已流行多年的既有观念,使得消化性溃疡从原先反复发作难以治愈的慢性病,变成了一种采用短疗程的抗生素和抑酸剂就可治愈的疾病,被誉为"消化病学研究领域里程碑式的革命"。

2005年10月,诺贝尔生理学和医学奖授予了这两位科学家。

脑洞君,请收下我的膝盖

奇葩说:

文中提到的几位医生在当时被人称作"傻子""疯子",不过,他们是为人类医学进步做出巨大贡献的英雄。在医疗条件落后的情况下,想要取得重大发现,可能不得不需要医生的冒险实验,就如同当年的神农氏尝百草。我们都期望,随着医学的进步,可以不再需要医生自己的"献身"。

给地球装个大 Wi-Fi

佚 名

● 最强大脑：

各大巨头公司的领导者"脑洞"真的很大，不过他们有实现这个"脑洞"的实力。历来人类的伟大创举，不都是一代代人"脑洞大开"才实现的吗？

这是一个让 43 亿人上网的故事——目前，地球上还有这么多人无法享受高速互联网带来的便利。谷歌、Facebook、SpaceX 和一些新型创业公司，都是这个故事的主角。

2015 年 1 月 20 日，谷歌与富达投资敲定了对私人航天公司 SpaceX 的 10 亿美元投资。这笔钱将主要用于 SpaceX 雄心勃勃的"太空互联网"计划：通过在太空中布设海量的微型卫星，从高空向地面传输高速网络信号。

也是在这周，维珍集团和高通公司给卫星技术公司 OneWeb 带去了一笔可能多达 15 亿美元的投资。这家创业公司旨在发送数千颗卫星进入近地轨道，进而为地球上哪怕最偏远的地区提供高速互联网服务。

而更早些时候，谷歌在新西兰和南非等地测试的热气球，Facebook 测试的太阳能驱动无人机，都是这个庞大的星球级移动互联网计划中的几个并行线。

"钢铁侠"的"星河战队"

如果按照海陆空的分类，目前我们使用的互联网属于"陆路"或"海路"。例如中国网友要访问美国网页，数据包的传输需要依赖于布设在多个国家的路由器和海底通信光缆。

但 SpaceX 的 CEO 伊隆·马斯克有着更大的野心。"我们希望打造一个比迄今人们谈论过的任何网络都要庞大的全球通信系统。"

逻辑思维：

偏远地区网络接入的成本太高，这是全球联通互联网计划所遇到的最大问题。互联网巨头们解决这一问题的办法就是改变互联网的接入方式，通过低轨道卫星来与地面互通。

按照他的设想，网络数据包的传输无须经由路由器和光缆，它们首先会被传输至太空，从一颗卫星跳转至另一颗卫星，然后由距离目的地最近的卫星传回地面。

"相比光纤，在太空的真空环境下，光信号传播的速度要快40%。"马斯克说，太空互联网因此尤其适合长途网络数据传输，而且能服务于偏远地区。

马斯克的具体计划是：在未来5年内投入100亿美元，向太空发射海量的微型通信卫星，这些卫星将飞行在距地面1200公里的轨道上，远低于目前通信卫星所处的同步轨道（距地面3500公里）。由于距地较近，信号传输距离减少，这种低空卫星也将大大提高互联网传输速度。

谷歌和富达投资以10亿美元入股后，马斯克不仅能继续掌握项目的控制权，而且，SpaceX还能继承谷歌此前在"星球互联网"项目上的一些技术。

马斯克甚至希望，未来当人类登陆火星时，这项技术可以使互联网服务覆盖火星，服务于那些火星移民。

卖芯片的和航空公司也入伙了

几乎是在同一时间，马斯克的竞争对手、卫星通信行业的"老兵"格雷格·维勒也为自己疯狂的"卫星上网计划"找到了赞助者。

维勒最早产生"让全世界的人都能上网"的念头，要回溯到2002年他与卢旺达总统参谋长的一次会面。在那次会议上，维勒决定在卢旺达成立电信公司Terracom，从事铺设光缆并建立3G网络的业务。"当时有很多人认为，互联网基础设施并不是一个高优先级的项目。但我认为这是错误的想法，当你有良好的互联网接入时，经济才能快速增长。"

如今，维勒创立的OneWeb公司计划在4年内

建成一个由 648 颗微型卫星组成的网络，为偏远地区提供卫星上网服务。

根据美国《商业周刊》报道，3 颗卫星就可以完全覆盖一个和印度一样大小的区域。这些卫星重约 130 千克，在距离地球 1200 公里的低轨道飞行。维勒预计，这个项目可能会耗资 20 亿美元——这比马斯克那个需要 100 亿美元才能推出的卫星系统要便宜得多，但它仍是一个巨额数字。这也是为什么 OneWeb 急需寻找重量级的投资者，例如维珍集团和高通公司。

维勒看中的不仅是这两家公司带来的投资，他还看上了高通公司过去一直为低轨道卫星公司 Globalstar 制造卫星电话设备的经验。《华尔街日报》则指出，"维珍旗下拥有航空公司及无线运营商业务，有可能会负责 OneWeb 的销售，并帮助 OneWeb 将卫星送入轨道"。

《华尔街日报》称，马斯克和维勒相识多年，而且两个人都是不折不扣的"控制狂"。未来 SpaceX 的卫星系统和 OneWeb 也将不可避免地成为竞争者。

不过，维勒并不担心这种竞争，"我一直试图让人们明白，网络连接是社会和经济发展的基本层面。而且，我知道我们的系统是如何工作的（言外之意就是更好）"。

"潜鸟"开发下一个 10 亿互联网用户

2013 年 5 月，新西兰小镇里斯敦的农夫查尔斯·尼莫接到了一通神秘电话。在签订保密协议后，尼莫和其余 49 人才知道，谷歌公司的"潜鸟计划"找上门了。

谷歌的技术人员将一个篮球大小的鲜红色接收器安装在尼莫家中，没过多久，当一个个外形酷似水母、充满氦气的半透明热气球被放飞后，尼莫就成了世界上第一个成功接入"热气球网络"的用户。

沿袭当地农夫的传统，尼莫上网后的第一件事，就是打开谷歌查询天气，以决定当天是否该给绵羊剪毛。尽管热气球仅在尼莫家上空停留了 15 分钟，但他还是兴奋异常。"这个项目可能显著改变许多新西兰人的生活。"

事实上除了卫星，热气球和无人机都可以作为太空互联网的"基础设施"，而谷歌是唯一一家尝试过这三种方式的公司。

2013 年 2 月，谷歌曾宣布将投资 10 亿~30 亿美元发射卫星，第一阶段准备发射 180 颗中低轨道卫星，在赤道上空环绕地球飞行。但这个项目进展并不顺利，几名从事卫星上网服务的谷歌高管在不久后相继离职。

随后，谷歌又从 Facebook 的"拟收购名单"中抢到了一家成立仅 2 年多的无人机制造商 TitanAerospace。Titan 研发的高空无人机依靠太阳能发电，可以携带重约33千克的上网设备在高空不间断飞行五年以上。

谷歌的"潜鸟计划",则早在2011年就已启动。谷歌的想法是,释放大量的探空气球到平流层,为地面无法接入互联网或接入成本过于高昂的地区提供互联网服务。

谷歌官方称,每个热气球能在平流层中飘浮100天,在飞行过程中为直径40公里的区域提供无线互联网服务,覆盖面积约1256平方公里,超过整个香港的面积。

之所以选择新西兰作为首发地,很大程度上是因为新西兰地广人稀,传统光纤网络铺设很难满足当地的需求。以尼莫为例,他在四年前开始使用卫星网络,但很快就发现自己根本无法负担每月1000多美元的上网费用。

当然,谷歌也有自己的打算。开发下一个10亿用户,扩充业务以获得更广阔的市场,这才是谷歌的真正用意。"我们关注的各种上网技术,能在未来几年内把数以亿计的人口转变成互联网用户。"谷歌的一位发言人说。

整个星球无差别用上高速互联网

其实,卫星接入互联网并不是新鲜技术。早在20世纪90年代,比尔·盖茨和"蜂窝电话之父"麦克维就提出了一个野心勃勃的想法——发射840颗均匀分布在空间的低轨道卫星以提供互联网服务,两个人还共同组建了Teledesic公司。在盖茨的号召下,世界各地的富豪带着钱如潮水般涌进Teledesic的办公室。

因为计划要发射的卫星太多了,盖茨和投资人甚至想到了使用俄罗斯洲际弹道导弹群发卫星的"好主意"。

然而,由于成本过高和遭遇技术难题,这一耗资超过90亿美元的项目于2002年被中止。在那段时期,至少有五个类似的大型计划被提出,但它们无一例外很快宣告了失败。

这其中,摩托罗拉牵头的铱星计划当数最了不起,或许也是最可惜的失败项目之一。和传统的同步轨道卫星系统不同,铱星计划是一个由77颗低轨道卫星组成的覆盖全球的卫星系统,以元素周期表上原子序数为77的铱元素来命名。因为轨道低,信息损耗小,不需要专门的地面基站就可以在地球上任何地点实现手机到卫星的直接通信。

1998年11月1日,铱星公司邀请美国历史上最懂科技的副总统戈尔成为第一位用户。他将第一个电话打给了美国地理学会主席、电话发明人贝尔的曾孙。

然而,由于这个计划实在过于超前,加之价格昂贵(每分钟通话费用高达

3美元），铱星公司在投放了约66颗卫星后，因为"缺少订阅服务的用户"一度申请破产保护，只能依靠美国国防部的订单艰难度日。

如今，人类对于无限制互联网连接的需求日益旺盛。现在，铱星公司和Globalstar等传统卫星电话公司都已转型开始提供太空互联网服务。但是，这两家公司的卫星数量相加还不到100颗，而且设备也相对陈旧。

而随着谷歌、OneWeb和SpaceX等科技公司的加入，太空或将迎来低轨道卫星发射的高潮。2013年全球升空的卫星数量不过107颗，而这些科技公司计划在4~5年内就发射超过1000颗卫星。迅速扩大的规模将进一步降低成本，并且扩大信号覆盖的范围。

对于普通人来说，巨头们的努力所能带来的好处有很多。例如，越洋飞行将所有数据上传至卫星太贵，航班只向地面塔台发送位置信息，有时两次通信间隔可能超过一个小时。而太空互联网的架设，将增加实时监控航班位置的可能，有望避免频发的飞机失联事件。未来，无论身处陆地还是大洋，我们距离整个星球无差别地用上高速互联网，或许只有5年时间。

奇葩说：

　　虽然我们无缘参与这几大巨头公司在全球实施的这一宏伟计划，不过这一计划带来的好处是实实在在的，等计划成功实施后，我们就再也不用担心每月高昂的流量费了。

● 最强大脑：

啤酒是我们生活中再常见不过的一种饮品了。正因为常见，所以往往会被人忽略。作者在为我们讲述啤酒的知识的同时，也在告诉我们，对任何事物都要有一颗追本溯源的心，因为小事物背后也有大知识。

啤酒，助人类走出洞穴

/张 渺

来一杯啤酒吧，喝的时候请保持敬意：因为如果没有这种冒着气泡的液体，也许我们现在还住在洞穴里！

在漫长的人类历史上，发生在1万年前的农业革命是重要的转折点。当时，一部分人决定告别以狩猎为生的游牧生活。他们离开洞穴，住进房屋，开始耕种大麦。这批人创造了人类的第一个文明——美索不达米亚文明。

接下来的问题是：这件事是如何发生的？

"种植大麦是为了酿造啤酒！"在探索频道的《啤酒是如何拯救世界的》节目中，食品科学家帕特里克·海耶斯如此表示。多年来，专家们认为大麦是用来做面包的。

按照发酵学家汤玛斯·肖汉默的说法，生活在美索不达米亚地区的原始人发现酿酒之法应该纯属意外。当时，采集野生大麦的处于狩猎文明阶段的原始人，无意中把一些盛放大麦的容器敞着口放在露天的地方，遇到了容量恰到好处的雨水，接下来就是见证奇迹的时刻——大麦发酵了！

数百万年的进化史中，人类从未尝过酒的滋味，突然一陶罐下肚，生活变得有趣多了。于是，人类开始种植大麦。海耶斯指出，人类使用谷物制造酒类饮料已有8000多年的历史，比制作面包早了3000年。《黄帝内经》中记载的醪醴，正是中国古代的啤酒，

醴在中国一直流行，直到被酒精度数更高的黄酒取代。

如果你以为这种被称为"液体面包"的神奇饮料对人类历史的影响，仅仅是导致了农业革命的话，那就大错特错了。

亚述文字的研究者史蒂芬·提尼发现，在人类的第一种文字——楔形文字中，代表啤酒的符号频繁出现。事实上，作为一种酒精度低、营养价值高的饮料，啤酒曾经是古埃及人的流通货币，类似于古代中国的大米和布帛。一个金字塔建造工人的酬劳是一天一加仑啤酒，著名的吉萨金字塔，其造价是2.31亿加仑啤酒。

不过，古埃及人喝的啤酒和现在我们冻在冰箱里的啤酒不太一样。那时候的人饮用的，是一种现在被命名为"金字塔淡啤"的酒类，酒精含量仅仅是3%，但矿物质和维生素的含量很高。

毫不夸张地说，古代啤酒是医疗革命的先驱。人类学教授乔治·亚美纳苟斯就在一具有着3000多年历史的木乃伊的骨骼中发现了四环素，他说："就好像你拆开一具木乃伊，却在它的头上看到了一副雷朋墨镜一样。"

为了搞清楚20世纪才发明的抗生素进入古代人骨骼中的原因，亚美纳苟斯博士尝试了各种古代配方，研究古埃及人的饮食。最后，当他按照古法啤酒配方去酿酒，检测后发现其中含有现代的抗生素。

在中世纪，黑死病、霍乱和鼠疫在欧洲的许多城邦中肆虐之时，还不懂得煮沸饮用水以消毒的欧洲人，大批大批地被已污染的水源毒死。加州大学戴维斯分校的酿造科学教授查理·班佛斯坚信，啤酒拯救了中世纪欧洲数百万人的性命。

酿酒过程中某个煮沸的过程，使致命的水源变成了可饮用的啤酒。中世纪配方中那种微咸、有着肉豆

逻辑思维：

"假如没有啤酒，人类还住在洞穴"，要论证一个如此宏大并且看上去超乎人们理解范围的命题，没有详细的例证可不行。所以，作者从原始社会一直说到中世纪的欧洲，最后又写了许多国家领袖与啤酒的故事，这样的论证可以说是"有理有据使人信服"了。

蔻香气的啤酒，从某种程度上说，挽救了中世纪的欧洲。

奠定了现代医学基础的巴氏杀菌法，其研究的对象其实是啤酒，或者说，啤酒是首个使用巴氏杀菌法的饮品。其发明者巴斯德起初只是想弄明白啤酒为什么会变质，随后发现了细菌的存在，而这恰好是微生物理论的根基。

作为人类最古老的酒精饮料，啤酒几乎征服了整个世界。19世纪冷冻机的发明，使啤酒的工业化大生产成为现实，人们开始对啤酒进行低温后熟的处理，就是这一发明使啤酒冒出了泡沫。现在，啤酒是全世界年产量最高的酒类。

许多国家领袖都与啤酒有着不解之缘：华盛顿有一手令人惊叹的酿造啤酒的绝活，拿破仑曾迷迷糊糊地把军旗遗忘在一家小啤酒馆里，伊丽莎白一世最喜爱一款名为"爱尔（Ale）"的啤酒，每当她外出巡视时，她一定会来上一杯。

脑洞君，请收下我的膝盖

奇葩说：

人类的进步竟然与啤酒息息相关，这实在是令人意想不到。如果我们要穿越回古埃及或中世纪欧洲的话，那么首要的问题，就是一定要带上啤酒，啤酒才是帮助我们在那个时代生存的关键品啊。

冷冻身体玩穿越哪有那么简单

周 峰

> ●最强大脑：
> 文章告诉我们，电影里都是骗人的，想靠冷冻身体玩"穿越"可没这么简单，单是冷冻就已经十分复杂，而想要实现"复活"这一"壮举"那还要等未来医学以及生物神经学等学科的进步。

把身体冷冻起来，用睡眠的方式"时间旅行"到未来？是的！有人真的将这一科幻作品中最常见的桥段变为了现实。这可比冰桶挑战、比特币什么酷炫得多。

就在一个多月前，冰桶挑战玩得不亦乐乎的时候，世界上第一个接受了比特币转账的美国程序员Hal Finny因为渐冻人症去世。Hal选择死后冷冻保存尸体，以期借助未来的医学复活自己。

那么，人类目前的科技力量真的可以让Hal Finny的梦想成真吗？冷冻保存尸体具体是怎么操作的？这一过程中会遇到什么样的障碍呢？

冷冻关键词：身体里的水

以目前的技术来看，想用冷冻方法来保存人体，可不像我们想象的那么简单，问题的症结跟占据我们身体很大部分的物质——水有关。

我们都知道，水在结冰时会膨胀。比如我们在冰箱中冻冰格的时候，冰盒里的水最好不要装满，否则第二天打开冰箱，你会得到一坨溢出冰格的大冰块。不小心把冰格冻成了冰坨，最多会给我们带来一点儿不便，但如果这种事情发生在人体组织中，细胞就要倒霉了。水结晶成冰，体积膨胀，撑破细胞倒在其次，线粒体、内质网这些维持人体体内氢、钾、钠、钙等多种离子的细胞器也要跟着倒霉。

最重要的是，即便解冻，人体细胞也不会再恢复

到本来的样子。最终结果会是什么？请参考松软滑嫩的豆腐是怎样变成海绵一样的冻豆腐的。

水结冰后会膨胀，这和晶体的分子排布特点有关。在液体状态下，水分子自身含有的氢键，能以更紧密的状态聚在一起。结晶变成冰块之后，水分子之间的距离就开始拉大，依次排队连成环形了。这就好像在广播体操开始做之前，满操场还在整队的学生，忽然接到命令散开成了体操队列一样。

事实上，结晶膨胀在生活中相当常见，威力也相当惊人，钢筋铁骨的混凝土建筑也扛不住它的"致命腐蚀"。北京最早的西直门立交桥，仅使用了19年就不得不拆除重建，原因就是设计时没有考虑到北京冬季多用撒盐来除冰，渗入混凝土的盐水会结晶膨胀，在桥体当中造成缝隙，久而久之，"内伤"发作的桥体就不能使用了。

对抗结晶时的"热缩冷胀"，科学家并非没有办法，他们发现，只要温度低于零下138摄氏度，冰就不再以水的结晶形式存在，而会变成像玻璃一般的物质。换句话说，想要冷冻人体，而且不损伤人体的细胞，就需要在极短的时间（0.01秒）内把温度降到零下138摄氏度以下。实际上，精子库中的精子，就是采用这种"速冻"方式，保存在零下196摄氏度的液氮当中的。

但是，人体实在太大了。就像要加热的食物越大，微波炉就需要更长的时间，否则容易造成"夹生"现象一样，就算只有金鱼这么大，液氮也只能很不均匀地从外向内地给金鱼降温，鱼的身体内部还是逃不过结晶这道坎。所以，金鱼的表面或许完好无损，但体内难免有器官损伤。虽然金鱼解冻后看上去能够"死而复生"，但往往很快就会死掉。

在这种情况下，人体想要原封不动地冷冻，显然

不太可能。现实中采用的是一种"旧瓶装新酒"的办法。Hal 的尸体被送到美国的阿尔科生命延长基金会，他的血液和其他体液被一种名为 M-22 的化学物质逐渐替换掉。

M-22 的主要成分中含有乙二醇，也是汽车防冻液的主要成分，此外还有用于保存移植器官的防腐物质和冰晶抑制剂。遗体在经过处理后，就会以每分钟 0.56 摄氏度的速度被逐渐降温到零下 195 摄氏度而不受到损坏，然后被放入液氮保存。

冷冻费："比比萨饼便宜"？

除了技术方面的制约，冷冻人体所需开销对普通人而言的确不菲。

Hal 选择的全身冷冻，收费金额是 20 万美元。如果不冷冻全身，只是保存大脑，费用会便宜许多，为 8 万美元。世界上做这种"生意"的不止一家，更便宜的在俄罗斯，保存大脑的费用为 1 万美元。

如此高昂的价格，自然光顾者不会太多。阿尔科生命延长基金会成立于 1972 年，1976 年才进行了首例人体冷冻。到目前为止，该组织的会员只有不到 1000 人，三分之二的人选择了冷冻大脑及神经系统。

不过，这个"行业"也在设法降低门槛。据《扬子晚报》引述英国媒体报道称，美国的"人体冷冻机构"和保险公司合作，向英国用户推出了分期付款的方式，用户每月只需缴纳 36 英镑的费用，死后就可以"享受"该机构提供的冷冻服务。

这吸引了不少英国中产阶级的兴趣。比如英国科幻作者艾德莉·考斯格罗夫·布莱。为了能够死后"冬眠"，她每月需要向保险公司支付 40 英镑费用。在接受《每日电讯报》采访的时候，她感叹这"比比萨饼便宜"。

此外，还有英国莱斯特市的一对夫妻也用同样的

逻辑思维：

　　冷冻身体所遇到的最主要问题是身体中的水。所以冷冻保存身体遇到的最大问题就是保证身体不因水的结晶膨胀而损坏。作者的论证逻辑清晰，脉络明确。

> **奇葩说：**
>
> 虽然说冷冻身体玩穿越这一招看起来现在还不是很靠谱，不过，这项技术实现起来应该会比造一台时光机容易得多。

方式和人体冷冻机构签约，他们还希望儿子长大后也能签署协议，这样"若干年后一起'复活'时，仍然能够成为一家人"。

但即便如此，能否"复活"，什么时候"复活"，谁也没法保证。阿尔科生命延长基金会的总裁在接受美国《大西洋月刊》的采访时就表示，他们没法承诺什么时候才能让冷冻者复活，"或许在50到100年后……人体冷冻技术同许多前沿科技一样，没有明确答案"。

人体冷冻技术：商业噱头还是前沿科技？

人体冷冻技术也因此被科学界质疑成商业噱头。先不论百年之后，今天的这些人体冷冻公司能否存在，它们是否具有严格的科学背景，都令人怀疑。《中国科学报》曾经采访过国际低温生物学会前主席、美国纽约州立大学低温生物研究中心主任约翰·鲍斯特，他表示，这些组织的大多数成员没有接受过正规的高等教育，也不具备职业医生资格。

事实上，通过长时间冷冻，让生物复活的案例微乎其微。加州大学伯克利分校的低温生物研究院的保罗·西格尔曾经冷冻过活着的仓鼠，并令其复活。他还用同样的方法冷冻并复活了一只猎犬。但在这两个案例中，冷冻的时间都不算长，只有两个小时。

而冷冻人体技术的来源，最初也只是美国学者罗伯特·艾丁格的设想。1962年，他在著作《永生不死的前景》中预言说："我猜，我们中大多数将被用无损的方式冷冻起来。"

如果仅仅是冷冻，艾丁格的设想自然已经得到了实现，但在复活方面，还没有成为现实。约翰·鲍斯特在质疑人体冷冻机构的商业目的的同时，还提供了一个更有说服力的现状：目前关于人体冷冻复活的所有新闻报道，没有一篇出自严肃的科学期刊。

即便如此，向往永生的概念还是具有相当大的吸引力。据《财富》杂志报道，与阿尔科签约的客户，不仅仅缴纳了冷冻遗体的必需费用，还向该机构捐赠了大量资金，资助其研究人体冷冻技术。

而在俄罗斯，梦想起死回生的人也不在少数。俄罗斯独立民间调查机构列瓦达分析中心2013年的一项调查暗示，41%的受访者惧怕死亡，20%的受访者希望得到永生。

如此看来，人体冷冻技术是不是一门科学，似乎显得不那么重要了。毕竟大众接受这一设想的基本逻辑，是相信保存完整的人类躯体，能够通过某种科学的方法重新"激活"。这和古埃及人相信死者的灵魂能够借助保存完整的尸体复活而制作木乃伊有异曲同工之效。只不过数千年前的人类相信的是未知力量，而今天的人类更加相信技术的发展而已。

脑洞君，请收下我的膝盖

你的大脑将被读取
刘洪波

● 最强大脑：

不同于其他的科技说明文，在介绍科技的同时，作者也写出了自己对于这项科技的正反两面的思索。只有将科技可能带来的社会变化考虑周全，才能够尽最大力量把科技可能产生的危害降到最低。

用意念控制假肢，可以让双臂"失而复得"。去年夏天，美国的约翰·霍普金斯大学让一位来自科罗拉多州的男子，在失去双臂40年后，获得一双可通过思考就完成操纵的假肢，他只经过了10天训练，就适应了这个"脑—机接口"。

这似乎不是一件大不了的事情。网上可以读到的类似信息，不胜枚举，光是用意念控制假肢、机械手、机器人的信息就有很多，美国、日本有多家研究机构在宣告各种进展，中国的浙江大学、天津大学等单位也有相关研究。

通过植入式芯片完成"脑—机连接"，还算是一种拙劣方式；不在人体中植入任何设备，而仅仅通过头戴式设备而实现灯光、鼠标、车辆的意念控制，也时有报道。要是嫌这些仍然笨拙，那么，设备小型化的水平达到注射即可完成植入、头戴设施可夹在耳后或发丛中，怎么样？

用意念来控制假肢、鼠标、车辆等，尚属"脑—机控制"，类似《阿凡达》甚至《X战警》中的场景，以意念控制他人的行为，也已有报道。报道说，华盛顿大学的研究者记录下一个电脑游戏玩家的脑波，将这些脑波发送给一名志愿者，就可以让这名志愿者实现那个玩家的游戏过程。这项技术可用于协助中风和脑损伤病人恢复行为，让高明的外科医生远程协助同行做高难度手术，或者让高明的飞行员在紧急情况下

从地面控制一架飞机。

一个科学网站总结2014年的"逆天科技成就",有一项是"发射脑电波"和"念力控制"。这项总结称,研究者成功地把"hola"和"ciao"从身处印度的测试者A的脑内,传送到法国的测试者B的脑内,两地之间距离长达8000公里。这项研究能够有什么用呢?我想至少可以使远隔万里的恋人真正得以共享即时体验吧,还可以是最好的远程教育。

从意念控制物体运动的脑—机操作,到意念控制他人的脑—脑操作,都以"思想读取"或"大脑读取"为前提。《中国教育报》4个月前报道浙江大学通过颅内植入电极让意念控制机械手的成功实验:这是课题组"首次破译人脑信号,并建立了信号对机器的准确传递的研究模型"。破译人脑,正是意念控制技术的关键意义。

所有这些破译人脑的实验,都是给人带来乐观的隐喻的。实验多是使残疾人更好地驱动假肢、更爽地玩游戏、恢复中风病人的行动能力、让良医远程协助手术等。《中国教育报》报道浙江大学破译人脑信号的用途,是"为临床上因中风、脊髓及肢体神经损伤、肌萎缩侧索硬化(渐冻人)以及其他神经肌肉退化等肢体运动功能障碍患者,实施运动功能重建带来了新的希望"。当我去想象测试者A和B远隔8000公里实现大脑信息传递时,也是设想它可用于增进分居情侣的共同体验或者进行远程教育。

不过,任何技术都完全可以有令人乐观和悲观的两种用途。"电幕"如果不是出现在《1984》里面,也完全可能是很令人兴奋的一种东西吧,例如它可以被写成用于独居老人呼唤帮助、医院用于看护重症的卧床病人等,那就可能是一种令人向往而非恐惧的技术。"大脑读取"也是一样,它可以是肢残者的福音、

逻辑思维:

这篇文章的写作逻辑可以当作科普文的范本。开篇介绍一种新的科技发明,之后介绍这种科技发明的科学依据,再之后从正反两面谈及作者对这一科技的思考,逻辑清晰,说理明白。

奇葩说：

求一名运动员通过脑电波指挥我的动作，再求一名科学家远程提供知识协助，这样我就能走上人生巅峰了。

远程医疗的帮手、共享美妙体验的工具，也完全可以被用于进行心脑控制、思想移植、记忆替代或者隐私窃取，只要思想是可以被任意读取的，那么由身体所框定的思想主权将会消失，包藏在身体界限之内的思想秘密也就荡然无存，身体作为人格的完全领土也就沦陷了。

房子般大小的计算机很难改变什么，但计算能力小到可在手掌上实现，人际关系都会改变。如果思想读取的设备小到纳米级，那么人的大脑被读取将轻而易举而且基本不会被发现。或者更进一步，如果思想读取无须将设备佩戴到某个人身上，而远程就可以进行扫描，根据个人特有的气味或者出身即已完成的基因登记，就可以实现身体的全球定位，那么思想的读取就可以远程扫描，人还能否有个人私密性可言？

隐私构成了个人独立性和尊严的基础，传统意义上的隐私还只涉及个人那些被记录和表现的东西，互联网带来的变化是人们在兴高采烈地将自己交给网络时也不知不觉生成了自己的数字人格，事实上把自己的隐私也交付共享，为"人肉搜索"准备了丰富的档案。但这仍然是传统隐私问题。人脑破译、思想读取带来了全新的隐私危机，未被记录和表现的隐私、最深处的思想隐秘也将昭然若揭，自我的最后区域失守了。

历来，大脑思考是人作为个体唯一不受外在控制的特性。任何社会规则只加个体的行为，而不加诸个体的思想，这不只是基于伦理，更是基于规则对个体的思想无能为力。而如果大脑是容易被读取的、被操控的，那么在技术上个体就不再拥有真正"个性的器官"，社会规则加诸思想，进行手术式的清除、注入、移植、替换等都是可能的。人作为目的而非他人工具的独立和尊严，也可能在这种思想手术面前无所着落。

这样的展望也许过于绝望，那么还是让我们乐观地想象人脑破译、思想读取的用途吧，但至少还是要留一点儿戒备，当坏结果出现时，起码可以不那么意外。

目光竟然有温度

玉琳 马涛

● 最强大脑：
世界之大无奇不有，小男孩的目光竟然可以点燃看到的物体。随着科学的发展，这一现象的真正原理一定可以解开。这也告诉我们，要始终怀着科学的态度去看待一切不可思议的事物。

脑洞君，请收下我的膝盖

2007年末，意大利一家人体科研机构，接到了一个来自罗马家庭的求助。这个原本幸福的家庭，在孩子本耐得托·萨皮诸10岁那年被突如其来的"厄运"击败了。

当时，嗜糖的小萨皮诸患上了龋齿，疼痛让他每夜都难以入睡。为了让他在课堂上有一个好状态，父亲在周末带他去看牙医。他们拿到了比较靠后的号码。

和其他等待在那里的孩子一样，萨皮诸顺手拿起一本漫画看了起来。很快，他被精彩的情节和滑稽的人物深深吸引了。一会儿，萨皮诸的父亲忽然闻到了一股焦煳的味道。他放下自己手里的书，转过头看到儿子手里的漫画书烧了起来。他气坏了，认为是儿子用打火机点燃了这本漫画。

受到呵斥的萨皮诸感到冤枉极了，他的解释没有取得父亲的信任。也没有人可以为小萨皮诸作证，当时候诊室墙边的长凳上只有他们两个人。

这件事情就这么过去了。当时，年幼的萨皮诸只感到委屈，却没有把事情放在心上。直到两年后的一天，他早晨起床后，无聊地盯着自己的睡衣看，结果，睡衣莫名其妙燃烧了起来，他高声大叫着，忍受着被烧灼的疼痛冲到卫生间，浇灭了自己身上的火焰，他把这件事情告诉了父母。

父母不敢相信这个荒谬的说法，于是决定来次实

验。这次，萨皮诺盯看的是一个塑料盒子。结果，那个塑料盒子开始慢慢熔化。为此，父母求助于当地一所大学的生物系教授们。可是，当教授们兴致勃勃地赶到萨皮诺家时，他的这种能力却消失了。随后几年里，家人发现，萨皮诺的确可以用目光点燃一些东西。所以，他不得不经常戴上一副墨镜。

这种生活一直到萨皮诺开始住校，才被无限放大。他不得不求助于意大利人体研究所。

意大利人体研究所的科学家们，对萨皮诺进行了跟踪性的研究与记录。他们用DV录下了他的目光点燃物体的过程。

经过检查，科学家们发现，萨皮诺的眼睛结构与常人不同，他的瞳孔与视网膜有轻微的凹痕，科学家们认为，可能是日光在萨皮诺的眼睛里形成了聚焦，类似于凹透镜一样，才让东西达到燃点而燃烧。

为了证实这个推测，他们分别在日光最好的日子和阴暗的地下室里做了相应的实验。令人瞠目结舌的一幕出现了，在日光下，萨皮诺点燃了一张复印纸的实验失败了，而在黑暗的地下室里，却取得了成功。

虽然，萨皮诺的眼睛里能"喷"火的秘密还没有彻底被揭晓。研究还在继续进行当中，但是，意大利人体研究所，却因此得出了一个结论，人的目光是有温度的，而且，这种温度在不同的情绪下，能传递给另外一个人感知。

他们推测，萨皮诺的目光点燃东西的特异之处，就在于在他情绪波动的时候，目光的温度升高，通过凹点聚集，使物体被点燃。

可以说，今后如果你觉得谁以让你觉得脸上发热的灼热目光盯着你的话，那并不全是因为你感到害羞，的确，他目光的温度传递到了你的皮肤上来。

逻辑思维：

科学家们面对萨皮诺的"超能力"，采取的是"先假设后求证"的方法。这个方法适用于物理学、生物学、数学等多门学科。

奇葩说：

文中描写到的这位同学真的是现实生活中的"镭射眼"了。要是他能像电影里面合理地运用自己的"超能力"的话，没准也能够拯救地球哦。我们也可以试一下，遇到讨厌的人，用目光狠狠地盯着他，看能不能让他燃烧起来。

● 最强大脑：

从包装上入手，把方便面折叠起来，这是一个非常小的点子，但就是这个小点子为村上带来了前所未有的成功。有时，一个优秀的点子的诞生，仅仅是需要多一点点观察和思考。

把桶装方便面折叠起来

方益松

出差或旅游在外，很多人会有这样一种感觉：在饥渴难耐且前不着村后不着店的时候，泡上一桶方便面，不用去品尝，单是那仰起头，挑起面，"呼啦"一声放进嘴里近乎夸张的肢体语言，就足以让满车的人垂涎欲滴了，那种满车飘香的味道，也足以诱惑每一个人的味蕾。

村上是大阪一家灯具厂的推销员，由于工作的原因，他需要常年出差在外，在两个城市之间不停地奔波，并且一年有大半的时间饱受着饥饿的折磨，以至于患上了严重的胃病。所以，每到一个城市，村上总会提前买上一些可以充饥的东西，尤其是这种价廉物美、方便快捷的桶装方便面是村上的首选。让村上唯一觉得遗憾的是，这种方便面携带不够方便，不仅占用空间，且沿途的颠簸很容易让里面的面块破碎变形。更为重要的是，作为一个推销员，这样提着大包小包，在拜访客户的时候确实有损形象，搞得自己很没面子，有好几次，为了避免拜访客户的尴尬，村上不得不在中途扔掉几桶方便面。很多时候，村上在想，要是有一种便于携带或者是可以放在公文包里的方便面那该有多好啊！虽然这种想法很有一些单纯和天真，但从此这个念头一直萦绕在村上的脑海中。

这一天，村上在列车上再一次饱尝了那种饥肠辘辘、近乎前胸贴后背的感觉，他甚至后悔为什么不在

火车站买上几桶方便面或者零食。可送他到站的客户的衣着那么考究与光鲜，让他实在无颜去买那种大包小包的东西。5个小时的车程，村上几乎是在听着自己肚子咕噜咕噜的声音中艰难地度过，而列车员推着餐车沿车厢叫卖的盒饭则动辄便是数百日元一份，这让家境贫寒的村上实在无法接受。他再次想到了那种便于携带的方便面。

在地铁站，一个小伙子提着一辆折叠自行车，三下五下，几步操作，便骑着自行车轻盈而去。村上忽然眼前一亮，是啊，为什么不可以发明一种折叠包装的桶面，这样不就可以彻底解决绝大多数人出差在外的饮食难题了？说到做到，村上立马开始投入到折叠方便面的研究之中。

首先，村上用中软材料替换了传统的硬质材料面桶，单此一项，就节约了近一半的包装成本，不仅如此，村上还设计了一种底部和两壁都可以折叠的面桶，这种包装只比一块普通方便面面块略大一圈。由于包装紧凑，放在包装盒里的两包调料刚好从两头紧紧地挤住面块，这样，即使来回摇晃，面块也不再容易破碎变形了。而在食用的时候，你只需轻轻撕开外包装的塑料皮，两只手分别捏住底部和顶部的拉钮轻轻一拉，就成了桶状。

村上迅速到当地版权局申请了包装专利，很快，一种便于携带的折叠方便面便迅速推出。日本人适应了快生活节奏，所以，这种方便快捷且不易变形的桶面刚一问世，就吸引了大家的眼球。由于包装的独特精美，很多小朋友和成年人为了得到方便面的外包装，专门去商店里买这种方便面回来，拆去面块，这种盒子重新包装一下，就可以做成礼物送人。很快，折叠方便面便占领了大阪方便面市场近一半的份额，且随时呈现供不应求的趋势，村上也迅速组建了自己的折

科教诗话

151

逻辑思维：

其实村上的想法很简单，"桶面太占空间怎么办？那就把它折叠起来喽"。就这样，问题解决了，接下来只要去思考怎么折叠的问题就好了。

叠用品株式会社。

同样的面块，同样的调料，仅仅换了一个外包装，村上就把一桶小小的方便面做成了奇迹。成功无处不在，有时候，仅仅需要你从另一个视角去品读和发现。

奇葩说：

这种折叠的方便面，还真是方便呢。不过这种方便面在国内没得卖。大家只能到日本去体验了。哎，等等，要是在国内卖折叠方便面会不会发财？好，我决定辞职去卖方便面了……

太阳能飞机的环球之旅

沈羡云

> ●最强大脑：
>
> 太阳能一直没有普及，主要的原因就在于能量的采集与转化率过低。不过，根据作者对太阳能飞机的介绍来看，目前的技术是可以实现纯太阳能驱动大型交通工具的，那么只要解决了成本问题，太阳能交通工具就可以普及了。

2015年3月9日清晨，在阿联酋首都阿布扎比，随着太阳在薄雾中缓缓升起，一只奇怪的"大鸟"从跑道上缓缓启动，在向前滑行了不足50米后便腾空而起，向着东南方向飞去。这只"大鸟"是正式亮相的"阳光动力"2号，是"阳光动力"1号的升级版，它超越"阳光动力"1号，成为全球体积最大的太阳能飞机。它的翼展达72米，堪比波音747-800型客机，重2.3吨，最大飞行高度可达8500米，最高时速为140千米。"阳光动力"2号将展开为期约5个月的环球之旅。

飞行计划

"阳光动力"2号是唯一一架长航时不必耗费一滴燃油便可昼夜连续飞行的太阳能飞机。

在整个环球飞行过程中，"阳光动力"2号将降落12次，飞行的起点和终点均为阿布扎比。它将在印度、缅甸、中国重庆、南京、美国夏威夷、凤凰城、欧洲南部等地进行短暂停留，以更换飞行员。飞行中两名飞行员将轮流驾驶飞机，飞行速度在每小时50～100千米之间。

在"阳光动力"2号的环球旅程中，最具挑战的当数横跨太平洋和横跨大西洋的航段。横跨太平洋由于路途过于遥远被分割成了从南京到夏威夷、夏威夷到凤凰城两个5天5夜的航段，横跨大西洋则是又一段可能持续3～5天的路程。

逻辑思维：

"阳光动力"2号的飞行计划想要实现，有几个关键问题需要解决。第一个就是降落休整的问题，第二个是夜间飞行的问题，第三个就是飞行员的生理健康问题。当然，从文章来看，这几个问题解决得还不错。

太阳能飞机发展史

说到太阳能飞机，也有一段发展历史。在20世纪70年代，太阳能飞机只是一种在单座小型飞机上安装太阳能电池后勉强能飞的飞机。1981年，"太阳挑战者"号问世了，它飞越了英吉利海峡，创造了当时的纪录。2001年，当时最著名的太阳能飞机"太阳神"号创下了无燃料飞行器飞行海拔高度的纪录，飞行高度为29524米。之后，"阳光动力"号计划上马了。它的初代产品"阳光动力"1号曾在2012年与2013年进行长距离飞行测试，2012年完成了瑞士飞往西班牙1116千米的不停站纪录，2013年则完成了横跨美国的飞行测试。"阳光动力"2号是此项目制造的第二款太阳能飞机，使用了与"阳光动力"1号大体相似的结构，但是核心部件有了大幅更新，表现在机翼、电池和动力部分。

"阳光动力"2号的翼展超过72米，仅重2.3吨，与普通越野车相差无几。从尺寸上讲，这架太阳能飞机简直薄如蝉翼。这得益于机身骨架使用的碳纤维蜂窝夹层材料，这种材料密度仅有25克/立方米，比纸还要轻3倍，但是强度完全满足飞机的机械要求。为了减重，飞机表面使用的是柔性蒙皮。白天，"阳光动力"2号将在8000米的高度飞行，以便给633千克重的锂电池充电，满足夜间飞行的能源需求。夜间，"阳光动力"2号将下降至3500米高度飞行，以节省能源。它能完全依靠太阳能动力进行昼夜连续飞行。

挑战极限

"阳光动力"2号的环球之旅不仅挑战太阳能技术的极限，也挑战飞行员体能的极限。在连续5昼夜的航行中，飞行员将独自坐在3.8立方米的机舱里。艰苦的环境加上随时可能出现的危险，他们是如何处理的呢？在总共35000多千米航程、500多个小时的飞行时间里，飞行员们几乎都要待在天上，那他们的吃喝拉撒又怎么解决呢？

　　住：别看"阳光动力"2号的飞机翼展比波音747还大，但是机身却小得可怜，才3立方米多一点儿，机舱中只能容下一名飞行员。所以本次环球旅行的两位飞行员只能你开一站、我开一站地轮流驾机飞行。机舱太小，飞行员长途飞行，特别是在太平洋和大西洋上空飞行，每一站至少要连续在天上飞行5天5夜，怎么活动胳膊腿呢？唯一的解决办法是把座椅靠背往后倒，飞行员伸伸懒腰动动腿就不错了。住得小也就算了，机舱里还没暖气没空调，甚至都不是封闭加压的，所以飞行员们每天要经历气温的剧烈变化，而且飞得越高，空气越稀薄，还得戴上氧气面罩。幸好，得益于拜尔公司提供的高科技材料，驾驶舱内温度能保持在20℃～40℃之间。

　　睡：在飞越太平洋和大西洋时，飞行员要连续驾驶3～5天，睡觉成为一个大问题。因为在此期间只能一名飞行员在天上驾驶，绝对不可以长时间睡觉而把飞机完全交给自动驾驶仪。怎么办呢？解决的方案就是打盹儿，每次放倒座椅，最多不超过20分钟，24个小时内最多打盹儿12次。为了保持体力和清醒，两位飞行员在这次旅行前长时间练习瑜伽和自我催眠，并且在飞机模拟训练器中反复进行试验。万一驾驶员因为太疲倦而睡过头怎么办？在飞机上配备了一种特别的"护目镜"，睡觉时可以遮光，保护飞行员的眼睛。一旦飞行员到时间不醒，护目镜内部就会发出强烈的闪光，刺激飞行员，让他醒来。另外，在飞行服里还有像臂章一样的芯片，可以记录飞行员的呼吸频率，当它觉察到飞行员呼吸频率太低，或者飞机突然出现高度骤降等紧急情况，就会频频振动，唤醒

奇神说：

　　也许未来的某一天，我们每个人都能够坐上甚至亲自驾驶一架太阳能飞机。科技的进步是没有止境的，只要我们迈出了探索的第一步，就一定能不断地向前。

飞行员。

衣：为了防止飞行中温差太大的影响，飞行服采用了最新的材料，有隔离保温的作用。而且据介绍，飞行服有加热作用，还内置了特别的芯片，在关键时刻可以派上大用场。

吃：为了保证驾驶员在飞行中的体能，"阳光动力"专门聘请瑞士一家公司，研制了能够在不同温度下食用的食物。这些食物既可以加热食用，也可以常温或低温食用。据说，两位飞行员都根据各自口味，定制了不同的飞行餐包。

如厕：在高空上厕所对飞行员来说向来是难题。"阳光动力"2号设有机上厕所——一套巨大的蓝色塑胶袋。这个特制的袋子一头垂下来，一头塞在坐垫下面。飞行员"内急"时，推开椅垫，就能"当场解决"。据说感觉就跟在家里上厕所差不多——但是不能冲水，只能落地后丢弃，换套新的"厕所"。

通信机上设有通话、网络等设备，可随时与地面联络。

从商业角度看，"阳光动力"2号似乎应用价值不高，这次环球之旅最重要的是象征意义。它象征着人类对新能源的探索精神，以及对未知旅程和身体极限的挑战。虽然现在太阳能商业飞行还是梦想，但未来一定能实现。

眼球追踪让你有"特异功能"

佚 名

● 最强大脑：

作者可谓是一位"科技达人"。不只对当下流行的电子产品和新兴技术了如指掌，对技术的原理及未来的发展方向的了解也十分全面。

也许你已经看到身边的科技迷有了神奇的"特异功能"：动动眼珠，屏幕就会翻页；眨一下眼，手机就能拍照；开车时犯困眼皮耷拉，马上就会响起语音提示……这可不是因为他们的眼睛被改造了，而是因为他们使用的设备搭载了一项名为"眼球追踪"的技术。

眼球追踪技术的原理并不复杂：当人的眼睛看向不同方向时，眼部会有细微的变化，这些变化会产生可以提取的特征，计算机可以通过图像捕捉或扫描提取这些特征，从而实时追踪眼睛的变化，预测用户的状态和需求，并进行响应，达到用眼睛控制设备的目的。

现阶段所采用的主要设备包括红外设备和图像采集设备。在精度方面，红外线投射方式有比较大的优势，大概能在30英寸（76厘米）的屏幕上精确到1厘米以内，辅以眨眼识别、注视识别等技术，已经可以在一定程度上替代鼠标、触摸板，进行一些有限的操作。此外，其他图像采集设备，如电脑或手机上的摄像头，在软件的支持下也可以实现眼球跟踪，但是在准确性、速度和稳定性上各有差异。

在日常生活中，眼球追踪技术最热门的载体是手机。比如，三星上一代旗舰机GalaxyS3就可以通过检测用户眼睛状态来控制锁屏时间，只要检测到用户正盯着手机屏幕，即使用户没有进行任何操作，屏幕

逻辑思维：

文章从四个方面，全面地让人了解了"眼球追踪"技术。四个方面分别为：眼球追踪技术的原理；现阶段所采用的主要设备；眼球追踪技术的载体；眼球追踪技术的发展目前存在的困难及应用前景。

奇葩说：

眼球追踪技术当下已经应用到我们生活的方方面面了，同学们可以很方便地在流行的电子产品中体验到这项技术。当然，小编估计很难体验到了，因为买不起……

也不会关闭。而GalaxyS4的发布，则将这一功能进一步延伸：可通过眼球来控制页面上下滚动。

有没有什么办法让旧的设备也能实现眼球追踪呢？瑞典一家公司Tobii今年计划推出一款产品，让旧电脑也能接入这项新技术。这款设备名叫Rex，是一个电脑外设设备，只要把它放置在屏幕顶部，再通过USB接口接入，用户就能利用视线来控制电脑完成部分操作，比如操控IE页面滚动、使用Windows8地图应用等。

除了电脑和手机，汽车也很有可能是你最早接触到眼球追踪技术的地方。通用和丰田都已经在这方面有了不小的投入。它能实时模拟驾驶员的视野，提醒驾驶员视线盲区可能存在的危险；当驾驶员眼皮下垂（犯困）或眨眼次数减少（走神）时，它还会发出声音提醒。澳大利亚一家名叫Seeing Machines的公司，最近也开发了类似产品，只要司机闭眼超过1.6秒，警钟就会响起，座位还会振动。

眼球追踪技术的发展目前还存在不少困难。比如，让机器对人类眼睛动作的真实意图进行有效识别，以判断它是无意识运动还是有意识变化，并不是件容易的事。所以，这项技术在短期内难以成为人类和机器互动的主要方式，但是它对于鼠标、键盘以及触摸等比较成熟的人机交互是一个很好的补充，而且在医疗健康、在线教育、心理研究乃至刑事侦查等领域，都有着广泛的应用前景。

意念城堡

人的意念好比城堡。不断涌现的新奇事物，带给我们惊奇的同时，也给城堡添加了梦幻的色彩。生活中有太多奇妙的事等着我们去发现，我们读书就是为了揭秘生活中的未解之谜，从而让我们的生活更加丰富多彩。

● 最强大脑：

我们在作者的带领下，对埃及木乃伊的"食物"进行了一个全面的探究。这也可以帮助我们从一个侧面去了解古埃及的文化，有助于进一步揭开木乃伊那神秘的面纱。

木乃伊吃什么

/一 博

你已经完成所有麻烦的步骤，将心爱的人制成木乃伊了。你雇用了尸体防腐师，移除她体内的器官，将她的身体用精确混合的油和香脂进行处理，并小心地用绷带包裹。你不惜重金打造一座奢华的陵墓，甚至将她的宠物也做成木乃伊。所有的一切，都为了确保她在来世能够享受她的生活。而现在只剩下最后一个疑问：你的至爱在她的永生生活中，吃什么呢？

对于一些古埃及人，这个问题的答案包括了肉类。例如，在图坦卡门国王的陵墓中，考古学家发现了48个木箱，里面装有屠宰切割过的牛肉或家禽。供品中的水果或粮食谷类可以在脱水后，放置于干燥的陵墓中保存一段时间，要保存这些肉块还需要经过特殊的处理。英国布里斯托大学的考古化学家理查德·埃弗谢德指出，这些肉类经过短短几个小时的沙漠高温之后，"如果你不采取任何预防措施的话，它们将会变得一团乱"。如何解决呢？将它也木乃伊化！

在公元前14世纪，牛肋骨被木乃伊化，以便法老阿蒙霍特普三世在来世享用它们。

现在，一队由埃弗谢德领导的研究人员，将注意力转移到制成这些所谓肉类木乃伊的防腐过程。来自加拿大汉米尔顿麦克马斯特大学的生物考古学家安德鲁·韦德虽然并未参与此计划，但他认为："这项研究填补了一个缺口。每当提到古埃及木乃伊的时候，

脑洞君，请收下我的膝盖

我们已经了解不少，甚至在动物的部分也做了许多研究，但提到肉类供品的木乃伊，我们所知却不多。"

为了找出在制成肉类木乃伊时，使用了哪些化学物质，埃弗谢德和他的团队取得4份分别来自于埃及开罗博物馆和英国伦敦大英博物馆的肉类木乃伊绷带，并使用质谱仪分析这些样本。一些肉类木乃伊，例如一份公元前1070年至前945年间已经处理成食物并且放置在陵墓的小犊牛和一份约公元前1290年木乃伊化的山羊腿，绷带上唯一沾染上的防腐剂是某些种类的动物脂肪。

然而，从更早期陵墓中发现的牛肋骨木乃伊，则带着另一个更复杂的故事。在帝王谷，生活于公元前1386年至前1349年之间的法老阿蒙霍特普三世，他的陵墓中发现的牛肋骨木乃伊是用一种属于黄连木属植物的树脂来处理的。

当时的黄连木树脂非常昂贵，大部分用于食品调味，还被社会精英们用于薰香、油漆。黄连木树脂也偶尔会被用于人类木乃伊的防腐，之前已知的最早利用它制成人类木乃伊，也比法老阿蒙霍特普三世墓中的奢华牛肋骨木乃伊晚了至少600年。所以，如果这份研究能证实黄连木在这么早的时候就被用于制造肋骨木乃伊，而不仅仅只用来提味，埃弗谢德指出："这意味着，木乃伊化，远比我们原本所知的历史长。"

当谈到古埃及木乃伊时，很难判断哪些做法是常见的，古埃及人在何时、如何改变的，可能随着时间的推移改变。举例来说，在巴克利尚未发表的研究中，就推测了这些牛肋骨木乃伊大约被制造的时间，黄连木树脂实际上在木乃伊化的使用中，比埃弗谢德团队所假设的更加频繁。

到头来，这些肉类木乃伊的风味又是如何呢？很

逻辑思维：

文章选择了一个很有趣的角度来让大家了解木乃伊文化。"木乃伊的食物"这一说法，是许多人从来都没听过的，正因为没有听过，所以才会显得有趣。

奇葩说：

古埃及人的思路也还真是常人难以捉摸的。木乃伊要吃的东西也一定要做成木乃伊吗？即使木乃伊真能复活，他怎么咬得动那么硬的食物啊？

脑洞君，请收下我的膝盖

不幸的，即使是最好的木乃伊技术仍有其局限性。埃弗谢德说："从我与木乃伊的邂逅经验看，它们闻起来相当恐怖。你一定不会想要试吃它。"

我们能用火焰喷射器除雪吗

/Matt Van Opens

> ● 最强大脑：
>
> 这个问题想必很多人都想过吧？因为要对付冰，最直接有效的办法就是火。那么我们为什么不能用火焰喷射器除雪呢？我们来看看作者是怎么从化学、物理学以及经济效益等方面分析这个问题的吧。

在写这篇文章的时候我人在波士顿，这里整个城市都被埋在厚得惊人的大雪下面。在过去30天里下的雪超过了阿拉斯加安克雷奇一整个冬天的平均降雪量。整个波士顿的交通都瘫痪了，许多屋顶也被大雪压塌了。波士顿市长召开了一场新闻发布会，宣布说："我也不知道该对大家说什么。只能期望大雪能够尽快停下来。"

所以整个波士顿的人脑子里都只有一个想法：除雪。

然而融化雪并不容易。（虽然人们一直在尝试）微波除雪的想法听起来比火焰喷射器更靠谱，因为微波很"干净"，效率也高；至少我们不会在厨房里用火焰喷射器对吧。

但是有个大问题：微波加热水效率很高，但对于冰却有点儿束手无策。

还好，我们还有其他方法可以把能量注入到雪里去。除了火焰喷射器的提议，我们还可以用红外加热灯或者激光。但不管你用什么，我们总会遇上另一个问题：融化雪所需要的能量太大了。

融化1克的雪需要约335焦耳的能量。换言之，一只60瓦的灯泡每小时大约能融化1磅（约453克）的雪。

相同面积的1英尺（约30厘米）厚的雪所含的水量差不多和1英寸（约2.5厘米）深的降雨所含水量相同。现在我们不妨假设你遇上了一场降雪量约1英尺

（约30厘米）厚的大雪——相当于1英寸（约2.5厘米）深的降雨量——然后你想要在以每小时55英里（约88.5千米）的速度行车的同时融化车前方9英尺（约2.74米）宽的地面上的雪。

啊哈，现在只要把所有数字都代入到式子里就能得出结果啦，单位正是我们所预期的功率单位：

55英里/时 ×1英寸 ×9英尺 × 水的密度 ×335焦耳/克 =574兆瓦

不过这并不是我们想要看到的答案。举个例子，航母的核动力反应堆的输出功率也不到200兆瓦，也就是说为了满足你的需求，你得有三艘航母。

汽油的能量密度确实非常高，但还是不够用的。不管火焰喷射器的储油箱有多大，汽油都会很快耗尽。

在美国，汽车的油耗是用1加仑油能开多少英里来衡量的，如果你开着车并且火焰喷射器还在不停喷火的话，1加仑汽油只够你开17英尺（约5.18米）。

所以你还是彻底放弃用火焰喷射器来除雪的想法吧。相反，你该学习一下那些铁路单位的做法，他们用的是由喷气式飞机的引擎驱动的除雪机。

总的来说，你自己把雪扫开才是最方便的做法。

逻辑思维：

我们直觉上都认为，融化雪并不需要太多的能量，但作者用翔实的数据反驳了我们的日常认知。所以，在降雪后通过扫雪的方式来清理路面，并通过在雪里撒盐增加凝结核，降低凝固点的方式，看起来是"笨方法"，但实际上是最科学最合理的。

奇葩说：

请问，火焰喷射器哪里有卖？我想买！当然不是用来除雪的，那样太浪费了！我想买来自己烤羊肉串吃！那样多酷啊。

新视野号砸中了你的汽车会怎样

Robin Sheat

● 最强大脑：

"新视野号"在经历了数年的长途跋涉之后，终于来到了太阳系的边缘，并给我们传回了清晰的冥王星照片。那么，"新视野号"的速度是多少？它平时是怎么工作的？这些问题文章都能给你解答。

新视野号探测器目前正在飞越冥王星。在最近的几天里，它传回的照片使我们得以首次目睹冥王星的真面目。在这篇文章发布的时候，它应该正在进行距离最近的飞越，也有可能正在砸向你的汽车的路上，嗯。

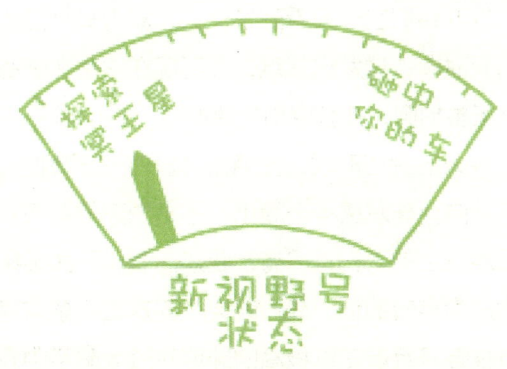

（状态更新：新视野号终于捕获了冥王星。）

不过就算新视野号曾一度错误地向地球方向飞行，这种情况还是实在太过难以想象。除非发生极其罕见的事故，你的汽车都将处于大气层中，而这层厚厚的大气使得宇宙飞船不至于全速撞上地面。或者有可能你拐错了一个弯，跑到了冥卫一附近，又或许你开到了一个怪异的极低压系统中，头顶还没有大气保护你，那么你设想的场景是可能发生的。

新视野号的大小和重量与一架大钢琴相当，目前正以每秒约14千米的速度飞驰。如果它砸中了你的车，那么双方都不会有什么好下场。

每秒 14 千米有多快呢？我最喜欢用比较的方式直观地体现速度差异：假设你站在橄榄球场的一端，并朝另一端开枪，与此同时新视野号从你身边呼啸而过。那么当新视野号飞到另一端时，子弹还没飞到 10 码线呢。

如此高的速度意味着到今天下午，新视野号将会飞出冥王星系统，在接下来的几周里它将慢慢传回数据，告诉我们它今天看到了什么。新视野号没法在拍照的同时向地球发送信息，因而现在它正在全心全意给冥王星拍照，并获取相关数据。

今天的晚些时候，探测器会暂停一下数据收集工作，并向地球发送一个简讯。不是拍到的东西，只是告诉地球上的人们："嗨，我还活着。"如果探测器真的还幸存着的话，我们就会收到这么一条信息。毕竟新视野号目前正以极高的速度飞过太阳系中我们从未拜访过的一片区域，而那里可能有许多小石头，说不定还会有一辆车。

新视野号将会在下午发送"我一切都好"的信息，不过这个信息需要 4 个半小时才能传到地球，所以在美东时间晚上 8:35 左右我们应该就能收到它——如

果你打算开一个派对的话，现在可以准备起来了。你可以在 NASA TV 上看到主控室中紧张等待的人们，如果你看到人们欢呼着拥抱在一起，那么你就知道任务成功了。

要想知道这次任务的更多细节，可以去看 Emily Lakdawalla 发表在行星学会（Planetary Society）上的帖子《飞越时你将会看到什么》，那里面详细讲述了任务的日期、时间点和所有设备的背景信息。（如果想要获取实时信息，她的 Twitter 应该是个不错的选择。）

那么这些信息对你的车来说有什么意义呢？

坐人的汽车都有"溃缩区"，这个区域在碰撞发生时会通过变形折叠的形式吸收部分撞击能量，减少传递到乘客舱的撞击能量。不幸的是，在如此高速的撞击下，像金属这样的材料的强度将不足以把自身维系在一起。此时发生的不是溃缩，而是爆裂。当新视野号和你的汽车相互穿过时，两者的溃缩区都会发生爆裂，由此产生的金属射流会使汽车的剩余部分也同样发生爆裂。从远处看，你将会观察到类似于这样的场景。

好消息是：NASA 会对你的车损进行赔偿。根据《外太空物体所造成损害之国际责任公约》的规定，NASA 和美国政府妥妥地要对你的损失负责。而且由于你不会被认定为在事故中负有责任，在美国绝大多数州，法律会禁止你的保险公司涨你的保费。

不过如果你意识到这将是一次核事故的话，事情就会变得有点儿复杂了。新视野号飞得离太阳太远了，太阳能电池根本没法用，所以它是由放射性元素钚-238衰变产生的能量驱动的。装有钚的容器十分坚固，因为它设计之初就是要承受再入大气层时的恶劣条件的（而且还真的实验过）。不过，设计它的人

逻辑思维：

文章主要内容分为三部分，第一部分是介绍新视野号的速度；第二部分是新视野号日常的工作状态介绍；第三部分则是介绍万一出现航天器撞击汽车的情况，我们应该如何处理。虽然表面看来文章披着一层搞怪的外衣，不过其中的数据可都是实打实的。

脑洞君，请收下我的膝盖

从没想过它撞上一辆雪佛兰汽车不受损的情况。撞击后容器以及内装的钚将会溅得满地都是。美国政府将不仅要赔你一辆新车，很有可能还需要给你的邻居也换一辆新车。

这种事情以前还真发生过。1978 年，携带核反应堆的苏联卫星宇宙 -954 再入大气层时发生解体，碎片遍布加拿大。加拿大政府花费了数百万美元用以清除 Yellowknife 周围的放射性碎片，后来加拿大政府向苏联索要 600 万加拿大元，最终苏联向加拿大赔偿了 300 万美元。

所幸现在新视野号正在飞越冥王星。不过也别担心，就算它砸中了你的汽车，政府也会帮你摆平这件事儿。要想知道新视野号到底会飞向谁——冥王星还是你的汽车——请关注 NASA TV。

……以及停车的马路。

奇葩说：

要是新视野号真的砸了过来，那么收集一下它的碎片拿来卖钱想必也是极好的。哦，当然前提是不怕辐射。

全球人参加冰桶挑战需要多久

佚 名

> ● 最强大脑：
> 作者使用的，是数学建模的思想。并且他建立了两个模型，通过两个模型的对比来得出一个全面的结论。可以看出，作者不只拥有高超的数学能力，同时分析问题还十分客观严谨。

虽然有人已经厌倦了 ALS 冰桶挑战，但是你不得不承认这是一个极为成功的策划。根据维基百科，这项挑战是这样的：

挑战者需要将一桶冰水倒在自己头上。

如果被提名者不愿意接受挑战，则需向美国肌萎缩性脊髓侧索硬化症协会 (ALS Association) 捐款。

被提名者需要在 24 个小时之内完成挑战或捐款。

挑战者要提名三个人继续参加冰桶挑战。

这项活动在不断传播，使得越来越多的人参加挑战，也有越来越多的人被提名。那么全世界所有人都参加冰桶挑战究竟需要多长时间呢？让我们来估计下。

冰桶挑战模型 1

在第一个模型中，我们遵循如下假设：

每个人都会参加冰桶挑战。

挑战者会提名三个人继续参加挑战。

每个人会在被提名后两天时间内完成挑战。

每个人只会被提名一次。

挑战会一直持续，直到全世界 70 亿人全部参加冰桶挑战。那么，究竟需要多久呢？运用数学方法解决此问题并没有什么困难，事实上十分简单。需要做的事情就是设定一个循环周期，假设起初有 n_1 个人参加挑战，那么一个循环周期之后已挑战人数为 $n_2=n_1+3\times n_1$，也就是 n_1 的 4 倍。接下来就是不断计算，

逻辑思维：

文章完整展现了用数学方法解决现实问题的过程。主要的步骤包括提取问题，建模，以及对所建模型进行修正。

直到参加人数达到70亿。

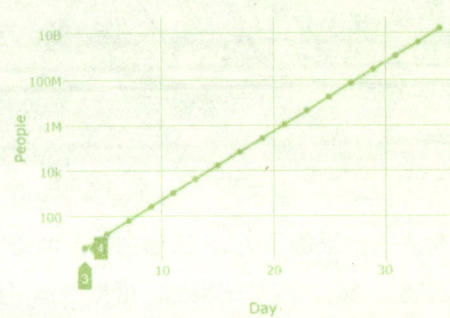

经过计算，如果初始人数为1，周期为2天，则需要35天左右便可使全世界所有人都参加冰桶挑战。挑战人数会随时间呈线性增长，这是因为每一周期人数都是前一周期人数的4倍，这是一个指数函数。

冰桶挑战模型2——更加接近实际情况

显然，在模型1中存在着一些问题，让我们做一些调整：

当提名一个人时，有可能此人已经参加过冰桶挑战。

假设被提名人没有参加挑战的概率等于未参加人数与总人数的比值。

所以，我们得到了被提名人没有参加挑战的概率公式为：

$$P(new)=1-n_{IBC}/n_{population}$$

其中，n_{IBC}为已参加挑战人数，$n_{population}$为总人数。如此一来，第一个挑战者提名人未参加的概率为100%，而当大多数人已经参加过挑战后，提名未参加人的概率会变得非常低。

好吧，让我们以此模拟一下。首先做一个总人数的列表，然后使用随机函数对每一位挑战者选出三位提名者，然后检验是否已经全部参加。但是这个方法要处理拥有 70 亿项的列表，有些过于烦琐。

我们可以简化一下：举例来说明，假设地球上共有 100 人，而其中 80 人已经参加挑战，再次提名时未参加挑战的概率只有 20%，如此一来就不需要使用随机函数选择提名者而后再筛选出其中的已挑战者。这样的简化虽然不够准确，但是也不会太差。当处理庞大数字时，我们可以认为在这种情况下有 20% 的提名者会继续参加挑战。

接下来，我们比较一下模型 1 和模型 2。在第 29 天时，参加挑战的人数为 2.68 亿，两个模型几乎相同，模型 2 的调整效果似乎微乎其微。只有到最后几轮中，两个模型才有所区别，模型 2 会因提名概率很低而减缓挑战速度。但是这时已经太迟了，整个世界还是会"徜徉"在一片冰水之中。

命蚀说：

作者是利用数学模型来计算的，不过全球人都参加冰桶挑战的可能性微乎其微，毕竟地球上还有许多与世隔绝的村落和部落。

● 最强大脑：

本文的重点是介绍有关于"吸血鬼"的历史，能够让大家对传说中的"吸血鬼"有一个比较全面的认识。当然，文中除了历史知识之外，还有许多生物学方面的知识，这些知识都值得我们了解和学习。

尼古拉斯·凯奇是吸血鬼吗

/ifengtao

美国西雅图的古董照片商杰克·摩德（Jack Mord）最近有了"惊天发现"，这是一张已经发黄的摄于1870年左右的照片，而照片中那位来自田纳西州的男子竟然与美国影星尼古拉斯·凯奇一模一样！摩德声称，照片中这个人就是尼古拉斯·凯奇本人，而且更惊悚的是，他认为凯奇是一只吸血鬼，每活75年就会"重活"一次，直到现在。

这难道就是凯奇高产的原因吗？要说吸血鬼的传说自古就有，也经常有人被定义为吸血鬼，甚至被处以私刑。那凯奇呢？他有没有可能是真正的吸血鬼？

其实我们也希望凯奇真的是吸血鬼，毕竟这可以让我们了解吸血鬼的身体是如何工作的。在这里，果壳谋杀站向大家，也向凯奇本人提供一些他可能遇到的，以及历史上那些"吸血鬼"曾经遇到的疾病和状况，以供预防与及时医治……

多种多样的"吸血鬼"

在历史学家看来，虽然缺乏吸血鬼真实存在的科学证据，但是古时医疗水平的低下以及人们对于未知疾病的恐惧很可能会造成"吸血鬼"假象。

其中最知名的"吸血鬼疾病"就要数"卟啉症"了，这是一种遗传性的卟啉代谢紊乱。卟啉症的典型特征是血红素生成障碍，血红素是血液中的一种富铁色素。卟啉症患者对阳光非常敏感，严重的会造成腹痛，甚至导致急性谵妄（意识障碍疾病，常出现意识模糊、胡言乱语、有错觉幻觉、情绪失常，或有兴奋激动等症状）。同时，因为血红素生成障碍，有些卟啉症患者确实长着赤嘴红牙。

怕光、精神失常、胡言乱语、赤嘴红牙和大面积溃烂的皮肤……这样的人不被当成吸血鬼都难。历史上对该疾病的一种治疗方法就是饮血，以此来补充缺失的血红素，不过并没有足够证据证明吸血真的有效。卟啉症是一种遗传病，所以历史上也许在某些地区存在高发病人群，这大概也就是"吸血鬼家族"的老巢了吧。

在某些地方，"吸血鬼"特指"行尸走肉"（Walking Dead）。这看起来很有可能是强直性昏厥引起的。强直性昏厥是一种罕见的生理疾病，与癫痫、精神分裂症以及其他的中枢神经紊乱症有关。发病时，患者肌肉僵硬导致身体高度僵化，心跳和呼吸减缓，如果医生没有足够的知识，肯定容易误认为患者已经死亡。

强直性昏厥患者的发病期可长达数小时，甚至数日，这提供了足够长的时间来为其举行葬礼。当他苏醒过来以后，很可能打破棺材，掘土而出，再加上惊恐的表情和疯狂的行为，被当成僵尸也就不足为奇了。

此外，尸体的正常腐烂现象也可能被认为是吸血鬼现象。人类死亡几天之后，尸体在细菌的分解作用下产生大量气体，压力使腐气混合血液涌向口鼻腔——

逻辑思维：

虽然文章是由尼古拉斯·凯奇开篇的，不过文章内文并不是围绕凯奇而展开，而是重点普及关于吸血鬼在历史以及生物方面的知识。

脑洞君，请收下我的膝盖

这便成了被鬼吸食的血。而当裹尸布被液体浸湿下陷时，也会被认为是吸血鬼进食的结果。

就算是吸血鬼，那就能一直吸血吗？

当然，尽管吸血鬼很可能是人们对以上疾病的误解，不过凯奇仍然很有可能是吸血鬼，而且是那种特别尊贵、特别高级的吸血鬼。不过如果凯奇每天都需要吸食人血的话，那么他很可能会面临一些健康问题。

一般来说，如果只饮用少量的、不含血液传染病等病原体的血液，也许对人无害。但超过这个限度，就需要当心了！

血液中富含大量的铁，而且身体很难排泄出过量的铁。所以吸血对所有动物来说通常都会面临铁含量过高的风险。虽然铁对所有动物来说都是必需元素，但铁元素过高却能造成中毒。这种情况被称为"血色病"，能引发包括肝脏损伤、肺部积水、机体脱水、低血压甚至神经错乱在内的多种疾病和生理问题。

当然，那些真正的吸血动物早已准备好了对策。按照凯瑟琳·拉莫斯兰德在《吸血鬼科学》书中描述，吸血蝙蝠需要摄入大量的铁元素，这有助于生成血红蛋白，后者将氧气从其肺部源源不断输送至身体其他组织。

但通常它们的铁摄入量超过其身体所需，所以吸血蝙蝠有一套特殊生理机能来排泄体内过量的铁。当血液被摄入时，蝙蝠肠道内的一层黏膜会作为一道屏障，阻止过量的铁进入它们的血液循环。

所以说，如果凯奇真的是吸血鬼，而且可以完美地解决铁过量的问题的话，那么他的消化系统一定会成为学界争相研究的对象。发疯的科学家？我敢保证，他们的战斗力一定不会比吸血鬼低的……

奇葩说：

是不是应该通知美国警方，让他们重点监视凯奇，一旦发现他有异常举动就立刻逮捕他。这样的话，我们就第一次抓住了一只活着的吸血鬼，那样，关于吸血鬼的一切秘密我们都能知道了。

机枪飞行器

/谢熊猫君

> ●最强大脑：
>
> 很多人都想过吧，一直朝下开枪，然后身体向上飞起来。作为科普文，这篇文章相当有水平，不只将复杂的科学原理用简单的图表解释得清清楚楚，同时整篇文章还十分有趣。

如果拿着机枪向下开枪，人能像穿着喷气背包一样飞起来吗？这个东西的原理其实很简单。当你朝前开枪的时候会有后坐力把你往后推，所以如果你朝着地面开枪的话后坐力就会把你往上推。

首先要解决的问题是"枪的后坐力能不能克服枪本身的重量"。如果一把机枪重10磅（约4.5公斤），后坐力只有8磅（约3.6公斤），那它连自己都飞不起来，更不要说带着一个人一起飞起来了。

在工程学里面，推力和重量的比例叫作推力重量比。如果推重比小于1，那么这个东西就飞不起来。比如，美国人登月用的土星五号运载火箭升空时的推重比是1.5。

因为我不是一个武器专家，所以我在美国找了一个得克萨斯州的熟人。当我去他家的时候，他家里铺满了各种弹药让我测量，按照我的推测，如果出现了僵尸危机，最好的选择就是往得州跑。

经过测量，AK-47的推重比大约是2。也就是说，如果用胶带把扳机粘到开火位置然后让枪竖起来，这把枪能够自己升空。当然，不是所有的机枪的推重比都大于1的，比如M60就不一定能产生那么强的后坐力。

如果一把AK-47以每秒10发的速度打出秒速715米质量8克的子弹的话，它产生的推力是57.2牛，约13磅（约5.9公斤）。

逻辑思维：

　　作者主要论证了两个问题，第一个问题是，枪的后坐力能否克服枪本身的重量？第二个问题是，如何利用枪的后坐力让人飞起来？解决了这两个问题，只需要再考虑一些细节问题（子弹的数量）就可以了。

所以我们可以把 AK-47 当喷气背包用吗？

如果你平常注意饮食和锻炼，体重和小松鼠一样轻的话也许就可以。但是我知道你们都是死胖子。

当然，我们可以多用几把枪。如果一把枪能够产生比自身重量多 5 磅（约 2.27 公斤）的推力，那么两把枪同时发射就能抬起 10 磅（约 4.54 公斤）重的东西。所以，我们可以造出一个这样的东西。

如果我们用的枪足够多的话，那么乘客的体重就可以忽略不计。因为乘客的体重会被分摊到这些枪上，小到可以忽略不计。因为我们可以认为这些枪是在同时平行向同一个地方飞的，所以随着枪支数量的增加，整个系统的推重比会越来越接近一把无负重枪的推重比。

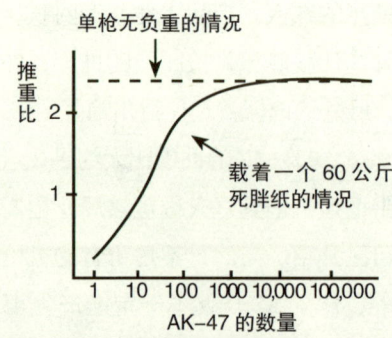

但是有一个问题：弹药的数量。

一把 AK-47 的弹夹可以装 30 发弹药，按照 10 发每秒的速度，只能持续 3 秒的加速。我们可以给枪

换个大点儿的弹夹,但是子弹数目是有上限的。

一旦每把枪携带的子弹数量超过250发之后,继续增加子弹就没有意义了。原因很简单,在火箭科学领域,如果你带的燃料越多,你就越重。

每发子弹射出去的弹头重8克,整发子弹重16克。如果加载的子弹数量超过250发,枪的推力就不够了。

综上所述,我们的机枪飞行器应该使用很多把AK-47(怎么也要搞个300把),每把带250发子弹。这样一个大型的飞行器最高能够达到100米每秒的垂直速度,升空高度超过500米。

所以说问题解决了,只要枪和弹药足够多,你就能飞了。

奇葩说:

虽然靠开枪来实现飞行看起来是一件很酷的事情,不过,飞行的时候打到下面的人可就不好了,即使没打到人,打到花花草草也是不对的嘛。

● 最强大脑:

我们将"木桶原理"等同于"短板效应"好多年了。不过,一味地强调"短板决定一切"有些过于霸道,太过强调补短板,有可能会让人在长板方面的优势无法发挥。相比,作者的解释更人性化。

如何正确理解木桶原理

/ 曾 加

这是一个可以发挥想象力的问题。

在大家心目中,木桶原理大概是这样的:

一只木桶盛水的多少,并不取决于桶壁上最高的那块木板,而恰恰取决于桶壁上最短的那块。

引申义:做一件事情有多成功,并不取决于它的长处有多强,而取决于短处有多弱。

推论:各项素质比较平均的人,更能成事;偏科的人,难以成事。

假如做一件事情需要 A、B、C、D、E 五个素质。

小宏的五个素质比较平均,于是,他的木桶是这样的:

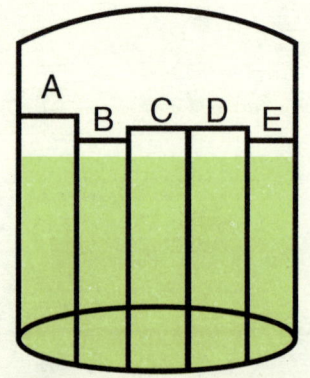

每一块木板都不是特别高,但是高度都不低,且比较平均,所以他能装的水还是挺多的。

小云的五个素质不太平均,某几项比较突出,但有几项比较弱,根据木桶原理,她的木桶是这样的:

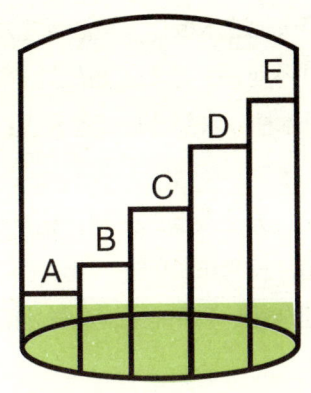

貌似装不了多少水的样子。

然而，真的装不了那么多水吗？

其实，可以这样——

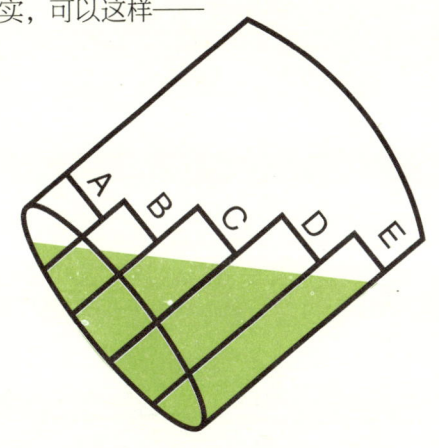

也能装很多水嘛！

所以，在我眼里，所谓的木桶原理应该是这样的：

一只木桶盛水的多少，既取决于桶壁上最短的那块木板，也取决于桶壁上最长的木板；（每一个因素都是有用的）

只要有一块木板特别长，我们就可以通过倾斜木桶，来装较多的水；（一招鲜，吃遍天）

如果我们要装更多的水，则需要最长的木板周围几块木板也比较长；（以点带面）

如果大部分木板比较长，但有一块木板特别短，对装水量影响未必很大，但对装水方式的影响比较大，

逻辑思维：

看上去作者是"不走寻常路"，不过，作者只不过是用了一种更为人性化的角度去思考"木桶原理"罢了。

我们要回避那块短的木板;(灵活规避短处)

有短板并不可怕,最怕的是处处有短板,这样,无论怎么倾斜木桶,水都会从某处流出;(长处附近,更需灭短处)

在木板长度无法改变的时候,相近长度的木板尽可能放在一起,长的和长的在一起,短的和短的在一起,长的和短的离得尽可能远,这样才能装更多的水。(物尽其用)

脑洞君,请收下我的膝盖

奇葩说:

当家里的木桶不慎有一块木板损坏了的时候,各位同学可以告诉自己的家长,不用扔掉,只要换一种装水方法就是了嘛!

外星人如何"发现"我们
/ Fraser Cain

> ● 最强大脑：
> 作者提出了一种十分新奇的说法，其核心就是，无论我们是否积极地向外星发射信号，外星人都可以通过对地球的观察来发现我们。为支撑这一说法，文章就涉及了古生物学、历史学和天文学方面的知识。

你听过那些向宇宙深空发送信号的疯狂计划吗？如果邪恶的外星人接收到了这些信号，前来地球抢夺我们的水资源，奴役甚至来吃我们，该怎么办？我们要怎么做才能阻止这些疯子向银河系广播我们的存在？到联合国发起一场请愿，还是向NASA提出严正抗议？

如果这恰恰是你和你的朋友们担心的事情，那我大概有些坏消息要告诉你了。我们向宇宙中"广播"自己的存在，已经有好几亿年之久了。如果外星人想知道我们在哪里，他们只需要用他们的望远镜看一看就知道了。

我们正处于太阳系外行星大发现的黄金时代，多亏了开普勒望远镜和其他空间望远镜，外星行星被发现的总数最近刚刚跨过1000颗大关。有了这么多颗令人惊叹的外星行星，我们接下来的挑战，将是研究这些行星的大气，寻找生命存在的证据。有些化合物是可以自然出现的，比如水和二氧化碳，但还有一些成分，必须要有某种过程不断地补充它们，才可能长期存在。比如甲烷，如果不是因为奶牛放屁和微生物分解腐肉之类的过程，它在大气里就只能存在区区数百年。

如果我们在某颗太阳系外行星的大气中发现了甲烷或者氧气，我们就可以靠谱地推测，那里存在生命。如果我们看见了工业文明的副产品，比如空气污染，

逻辑思维：

作者其实并不是想要与我们探讨外星人的问题，而是以这个为引，向我们科普了一下地球上生物的发展历程。

脑洞君，请收下我的膝盖

我们就能明确指出，他们处在技术发展的哪一个阶段。这种方法我们适用，对于外星人来说，也应该同样适用才对。

对于地球上的生命来说，在演化诞生的头几十亿年里，氧气是有毒的。不过后来，在距今至少24亿年前，蓝藻演化出了光合作用，学会了与氧气和平共处。这被称为大氧化事件。

在随后最初的十几亿年时间里，生命产生的几乎所有氧气都被海洋和岩石吸收。一旦这些地方被"填满"，氧气就开始往大气中聚集。到了距今5亿年前，大气中已经有足够的氧气，来维持像我们今天这样的呼吸了。如此大量的氧气，对于外星人来说，应该十分明显。他们应该会知道，地球上已经演化出了生命，而且他们可能已经派出过太空飞船来掠夺我们的水，把恐龙之类的早期动物拿去塞过牙缝了。

如果外星人愿意再等一等的话，我们还会给他们发送更多的迹象。工业革命始于18世纪初。这一回，轮到我们人类用各种各样的工业过程来污染我们的大气了。同样，用空间望远镜观察我们这颗行星的外星人会知道，此时此刻，我们已经成长为一个技术文明了。

进入20世纪，我们掌握了无线电通信技术，开始向外太空发送我们的信号。我们有意或者无意发出的无线电信号，现在已经在太空中扩散成了一个半径超过100光年的泡泡。因此，如果有任何外星人，在这个不断扩散的空间泡泡中聆听的话，他们可能都有机会听到我们的声音。他们知道我们在这里，他们还知道我们中有些人真的很喜欢Ke$ha（译注：美国流行女歌手兼词曲创作者）。

最后，直到近几十年，一小撮天文学家才尝试用我们最强大的射电望远镜，直接向其他恒星发送我们

的信号。这些信号还没有走远,但老实说,我一点儿都不担心。在长达好几亿年的时间里,生命本身已经向宇宙泄露了我们的位置。而且,生命也将帮助我们找到其他文明,如果他们真在那里的话。

所以,现在我们该怎么办?是应该关掉所有的灯,假装我们不在家,还是继续活跃地向宇宙广播我们的存在呢?

奇帅说:

看起来,我们是无论如何都隐藏不住我们的存在了。不过,茫茫宇宙中,能够发现我们的外星人在哪里呢?

● 最强大脑：

这篇文章无题是给广大的电子产品依赖者提了一个醒，当你越来越依赖电子产品的时候，你就会逐渐失去自我，那么你的生活可能就要被侵入电子产品的黑客所操纵了。

我们会被黑客杀死吗

志兰琳达

美国监控全球互联网事件让人们对黑客技术再度紧张起来。如今，黑客作恶的水平正在水涨船高：飞机、汽车、电网等许多新的目标也开始纳入他们攻击的视野。我们身边越来越丰富、和我们关系越来越密切的电子设备，正昭示着这个可能——我们有可能会被黑客技术杀掉。出于此，美国《大众科学》杂志列举了5种目标独特、可能造成不同程度生命财产损失的黑客攻击，大家要小心哦！

黑掉心脏起搏器

攻击某人的心脏起搏器，听起来很像是好莱坞影片里的情节。但理论上，这是完全有可能的。2012年，一位澳大利亚研究员就展示了一次针对心脏起搏器的攻击。黑客使用一种电脑病毒，能够从一名起搏器使用者的身上，迅速"传染"给30英尺（约9.1米）内的所有同类患者。

该黑客技术很难被发扬光大。出于伤害的目的的话，这比武器的成本高很多，成功率却低很多。

黑一架无人机去砸你

无人机正大行其道，但它也同样有可能成为恐怖分子的帮凶——只需要误导它飞往错误的方向或者随机坠毁，就足以造成恐慌和破坏。

恐怖分子想得逞并不容易。首先，恐怖分子一次只能控制一架无人机。其次，一般用途的无人机都不会装备杀伤性武器，因此要发动恐怖袭击，只能通过

向无人机输入详细的错误坐标造成坠毁来实现。考虑到目前大部分无人机的体积重量，这种煞费苦心造成的意外事故，危害半径应该在一到两个人之内。

黑停大面积电缆

停电既是事故，也是杀人的元凶。停电带来的不便，对于病人等高危人群来说往往是致命的。2012年夏季，就有黑客成功突破了加拿大电力公司电脑网络的安全系统，获得了电力的控制权。

即便恐怖分子成功控制了电网系统的一小部分，欲发动一场大规模的攻击行动也将是既费时又费力的复杂差事。

黑翻行驶中的汽车

普通汽车上装载的防盗安全系统，可以保护车辆不受盗贼侵扰，但同时，却有可能为黑客攻击敞开大门。2010年，汽车电子安全领域的专家们就已经展示了一款"黑"车装置：将其装在车上之后，黑客们就可在千里之外变成汽车的新主人。

严格来说，黑一辆汽车只为对驾驶者造成伤害，效率真比不上一支手枪。但这种伤害却非常隐蔽，看起来就像是一场普通的车祸。

黑落你乘的飞机

随着飞机自动驾驶系统的日益先进，一种潜在的劫机危险也开始不断被提出——如果技术水平达到一定高度，那么心怀恶意的恐怖分子并不需要自己亲身登上飞机。他只需劫持这架飞机的电脑就可以完成自己想要完成的犯罪。

高端科技的脆弱性毫无疑问越来越令人担忧。但是自从美国"9·11"事件以来，飞机其实已经不是恐怖分子们的最爱。当前最"流行"的袭击手段，就是地上的炸弹。

逻辑思维：

想要论证自己的观点，那么论据的选择就十分重要。看看文章列举的例子，我们就能知道，黑客技术可以达到多么恐怖的后果。

俞敏说：

虽然黑客的攻击看起来十分恐怖，不过那些攻击都无一例外是费时费力而且成功率很低的。所以，黑客们也往往不会做那样的事情。文章末尾说得对，黑客确实需要防范，不过我们更要小心的是身边的"炸弹"。

● 最强大脑：

数学家是追求完美的。他们会从科学的角度去给出一个针对现实问题的"最优解"。即使是切蛋糕这种小事，同样是存在"最优解"的。

英国数学家教你如何切蛋糕 / 佚 名

将你所知道的关于切蛋糕的所有方法全抛之脑后，新方法会让看上去简简单单的切蛋糕变得与众不同！

尽管"新"这个字用得不准确，因为其实这个方法是英国伦敦的作家、数学家埃里克斯·贝罗斯所发现的一个有着上百年历史的老把戏。他最近在YouTube上讲交叉切蛋糕时蛋糕容易变干，而呈线性排列地切蛋糕能使整个蛋糕封好储存更久。

在YouTube数字狂频道上，英国数学家埃里克斯·贝罗斯展示了最科学最具数学气息的蛋糕切法。他说用平行切割法比用交叉切法更容易避免蛋糕干燥。以数字狂在YouTube走红，贝罗斯首次用现代方式解决了切蛋糕的问题。也就是说，如果从蛋糕中切出一块扇形，把剩下的放进冰箱里，那么接触空气的地方就会变得"又干又糟"。他还说："你没有淋漓尽致地享受蛋糕的美味。"

他说一个世纪以前还有更好的蛋糕切法。这种方法公开发表于1906年12月20日的《自然》杂志上，是英国数学科学家弗朗西斯·高尔顿在致编辑的一封信板块中提出的。标题是"切圆蛋糕的科学方法"，信中他解释了为什么"传统的蛋糕切法是错误的"。他还说，蛋糕应该平行地切，从中间吃起，吃掉蛋糕的矩形部分然后吃外围的。如果是冰淇淋蛋糕，那么吃剩下的蛋糕并在一起也能像一整块一样，保证了蛋

糕里面也依旧新鲜。

亟待解决的问题是当胃口不大不小的两个人分一个直径为5英寸（约12.7厘米）大的圆蛋糕时，怎么切才能确保暴露在空气中变干的蛋糕面积最小呢？由此可见，最普通的切成扇形法是错误的。我们的目标是能将切剩下的蛋糕合在一起。所以切出来的弦（或弧）必须都一样。最初互相垂直的两刀是什么方向并不重要，可以像第一个图那样平行，也可以包含一个扇形。

图中所示切线预示着切蛋糕的人打算将蛋糕保存三天之久，接下来的每一次下刀都移去了原蛋糕的三分之一。普通的印度橡皮带绕蛋糕一圈能将零散的蛋糕块聚在一起。快住手！你切得不对！蛋糕新切法其实是在1906年12月20日第一次发表于《自然》杂志上。现在的扇形切法似乎并没有经过仔细推敲，或许新方法提供了另一种选择。

"我不知道你以前有没有这样想过，但是这些扇形的蛋糕真的很烦人，它令人感到不满。"贝罗斯接着说。这种蛋糕新切法能切出如图一样统一的蛋糕块，这样比扇形好多了。但他总结道，大多数人会与他人分享蛋糕，而不是自己吃，这就意味着并不会有很多蛋糕需要储存。他开玩笑说："这种方法对于那些数学光棍来说还是挺实用的。"

逻辑思维：

这种新奇的切蛋糕手法毫无疑问是科学的。因为这个方法可以完美地使暴露在空气中的蛋糕面积最小。不过，由于方法不太便于操作，恐怕在普及上还有一些困难。

奇葩说：

其实我们吃蛋糕从来不切，都是抓一把往别人脸上抹……

星际穿越可行吗

徐风

●最强大脑：

从文章内容来看，作者的物理学知识十分深厚。同时，能把高深知识的科普文写出趣味来，作者也有相当深厚的文学功底。

近来，科幻电影《星际穿越》的热映引起大家的关注。《星际穿越》所描绘的宇宙画面、地球末日危机以及人类探索星空的能力，有多少符合科学与现实？人类要做到星际穿越，还有多遥远？

人类能通过虫洞穿越时空吗？

时光之旅在理论上似乎是可行的。为了实现时光旅行，霍金首先建议人们接纳时间作为第四维的观念。他举了一个非常简单的例子：当人们驾驶汽车时，向前直行和向后倒车是第一维，向左或向右转弯是第二维，在山路上爬坡和下坡是第三维，那么时间就是第四维。对于物理学家来说，时光隧道也许就是虫洞。

那么究竟什么是虫洞呢？打个比方，一张摊平的纸上有A、B两点，连接两点的最短距离是直线。有没有更短距离？当我们把这张纸卷曲起来，用笔把A点捅破，伸出去再把B点捅破，只要纸的卷曲度足够大，那么将A点与B点相连的距离就可以比平面上的直线距离更短，甚至短得多。究其原因，先前的最短距离是对于二维平面来说的，而后来的更短距离则利用了第三个维度。

相对论认为，时间和空间是紧密关联的，三维的空间和一维的时间组成的统一整体就是四维时空。我们所在的四维时空充分弯曲，有可能形成存在于更高维度中的虫洞。穿越虫洞，就能以远比通常的直线运动快得多的方式从宇宙的一处到达另一处。

那么，四维时空是否会弯曲呢？从常识看，说空间会弯曲似乎是天方夜谭。然而，广义相对论告诉我们，大质量物体会引起时空弯曲。再次拿二维平面作类比，假设世界是一张拉平的橡皮膜，把一个大质量铅球放到膜上，橡皮膜便凹陷下去，出现明显的弯曲，原本在膜上做直线运动的小质量高尔夫球到达这一区域，便会改变运动轨迹，在弯曲空间做曲线运动。

同样道理，大质量物体也会造成四维时空的弯曲。质量越大，弯曲程度越大，相关数据可用广义相对论的引力场方程算出来。在弯曲时空中，如果存在虫洞，人类进入后就可能完成"星际穿越"。影片中几名宇航员乘飞船在虫洞中只过了一会儿，就到达了另一个星系。

虫洞不但是星际穿越的管道，还可能是"时间隧道"。实验已证明，在强引力场或高速运动状态下，时间流逝会变慢。如果 A 点和 B 点相距 20 光年，而虫洞让人用 1 年时间就从 A 点到达 B 点，这个速度就超越了光速。比光运动得更快，使人能够"追"上已逝去的光景，重见早先的情形，也就是回到了过去。

虫洞在自然界中是否存在，科学界尚无定论，至少目前还未发现虫洞存在的证据。通过虫洞能否回到过去，也是理论物理学界争论的一个问题。

除了建造时间机器存在技术困难，物理学家和逻辑学家还提出了时光旅行可能带来的各种悖论，这也是有人不承认时光旅行可行性的一个理由。最著名的理论莫过于"外祖母悖论"：你回到过去，在你母亲出生前将你的外祖母杀死，那么你就不可能出生了。因此你绝不可能在时间上回到过去杀死你的外祖母。根据逻辑一致性的思想，这件事情是不可能发生的。

冷冻休眠能实现吗？

逻辑思维：

　　作者以《星际穿越》为引，引出了对于"穿越"这一话题的深入探讨。虫洞、冷冻休眠、时间变慢，这都是在穿越电影中出现的大热门，作者一一进行了分析和探讨。

在茫茫宇宙中，地球也不过是一颗沙尘，而人类连微尘都算不上。在人类有限的百年时间中，如何穿越无以计数的光年，进行星际旅行呢？一个理论是冷冻休眠，就是出发时将人体冷冻至休眠状态，降低人体的代谢，从而延缓衰老，在到达目的地后，再解冻人体。在电影《星际穿越》里，漫长的太空旅程中，宇航员可以进入休眠，并自行设定唤醒时间。虽然理论上有可行性，但是目前从技术上来看，人类还不能做到冷冻休眠并将其唤醒。

生命世界基本上属于一个化学世界，而化学反应的速度总是随着温度的下降而减缓，并最终停止。从理论上说，生命的进程应该也可以随着温度的下降逐渐减缓并最终定格，然后再随着温度的回升而再次复苏。但更多的动物和植物则对低温十分敏感，它们的生命在寒风中飘逝，再也没有醒来的机会。

人类低温休眠，是指在极短的时间内，将人类冷冻到-196℃，让细胞停止活动，无限延长人类的生命周期。从理论上讲，低温休眠可以做到，但是目前从技术上还无法实现唤醒。主要问题是当人体温度降到-5℃时，细胞内的水分就会冻结并形成冰晶。这些冰晶会穿透细胞膜，导致严重的组织损伤。

不过未来这项技术可能会成为现实。现在世界上已经有数家机构提供人体冷冻技术，主要是为身患绝症之人提供服务，以待未来攻克难题之后再将其解冻救治。

时间变慢能实现吗？

中国古代神话中经常出现"天上一日，地上一年"的情节。《星际穿越》中，宇航员库珀和女科学家布兰德降落在名为米勒的星球上，星球上的1小时相当于地球上的7年。从理论上讲，时间变慢并非不可能。根据相对论，当人以接近光速的速度移动时，时间便

奇葩说：

根据相对论来说，常在飞机上的人的衰老速度要比在地面上的人慢。所以，我们不妨多坐坐飞机，虽然延长寿命的效果微乎其微，不过也不失为一种变年轻的方法是吧。当然，坐飞机还是要避开那些经常发生事故的航空公司。

会变慢。这种现象已经得到验证。例如，登上月球的宇航员移动速度超过地球上的人，他们的衰老速度略慢于地球上的人，但还没有达到显而易见的程度。中山大学天文与空间科学研究院院长李淼认为，《星际穿越》里时间变慢是靠谱的。巨大的质量密度能够导致空间弯曲，也能导致时间弯曲。在黑洞附近，时间弯曲的表现就是时间流动变慢。如果移动的速度接近光速，时间变慢便成为可能。只不过，在目前的技术下，让速度接近光速仍然很难实现。

● 最强大脑：

可以看出，作者不是简简单单的韩剧控。能从韩剧中发现"冷知识"并给出全面解答，足可以表明作者在心理学和医学方面都具有相当的知识。如果专业人士都能边看韩剧边科普，应该就不会再有人吐槽韩剧没营养了。

真的存在"匹诺曹综合征"吗

潘二妮

匹诺曹综合征的大乌龙

韩剧《匹诺曹》中，女主患有一说谎就会打嗝的匹诺曹综合征，但是这个显然是编剧们脑洞很大的结果。在现实中，真正的匹诺曹综合征和说谎八竿子打不着，它被称为"被笑恐惧症"（gelotophbia），实质上是一种社交恐惧与人际敏感。匹诺曹患者们要是听到或者是以为听到大家的嘲笑就会紧张得要死，全身僵直，就像木偶一样，他们在辨别善意的打趣和恶意的玩笑上很有困难，通常将任何形式的"笑"都与负面情绪联系在一起，这个过程没有办法自主控制，轻度的被笑恐惧在人群中的比例不低，这点倒是和韩剧中的匹诺曹患者接近，每30个中就将近有1个，甚至有研究显示，在初中生这样处于人际敏感时期的群体，这一比例达到将近17%。不过，这个概念在心理学领域也是年轻得很（1996年由一个德国心理学家提出），对于它的神经生理机制尚不明确，病因一般认为和早期记忆及童年创伤有关。和其他形式的社交恐惧症一样，可以通过精神分析配合行为疗法得到有效的改善。

说谎真的会有神奇的表现吗？

不过不管综合征什么的，说谎会打嗝究竟有没有那么一点儿科学依据呢？

一般认为：源自对真实经历记忆的陈述在内容和质量上都会与凭空编造或幻想出来的陈述有所不同；

心理学者也普遍认同说谎者的主要情绪体验是害怕、负罪感和兴奋感，根据这个假设，心理学家们能够通过各种生理线索比如呼吸频率、脉搏、皮肤电与一般个体基线水平的差异变化来预测言语真实性。这就是测谎仪的原理。

所以这里又为大家介绍一个神奇的"匹诺曹效应"——撒谎时，鼻子的温度会升高。这个貌似和韩剧中的剧情更加相关呢。

西班牙格林纳达大学的研究人员就发现，人们在说谎时，鼻子及周围肌肉的温度会有所上升。研究人员是根据对人体热成像图片的分析发现了这一有趣现象的。

这种"匹诺曹效应"，是因为当人们撒谎时，大脑中的岛叶皮质（一种脑素）会被激活。而研究发现，岛叶皮质活性增强后，体温就会升高。不过，由于岛叶皮质是大脑中的一个非常复杂难懂的区域，所以目前关于说谎为何会引起体温上升还没有准确的分析结果。

还有一种解释是人感受到压力时，血液会涌向面部，鼻尖海绵体充血膨胀导致不适，需要安慰。说谎就是压力源的一种。深陷拉链门的克林顿可说是经典案例，面对特别检察官的质问，克林顿始终想着如何陈述。同时，他平均4分钟摸一次鼻子。事后查明，他每次摸鼻子的时候都在说谎。顺便澄清下，克林顿差点儿遭遇弹劾并不是因为私生活不检点，而是伪证和妨碍司法。他的鼻子出卖了他。

可是，如果说的谎话并不违背意志，只是单纯的不符合事实，那么匹诺曹效应会出现吗？或者说要是单打嗝能够发现自己内心的真实声音，二妮也好想成为患者啊。想想这样的情景："苹果比较好吃"——"嗝"——"啦啦，就买香蕉好了"，"今晚去和他

意念城堡

逻辑思维：

本文是一篇优秀的科普文章。由韩剧切入，由"匹诺曹效应"扩展开来，进而对"说谎"这一现象进行深入解释。在科普的同时，还能不断地呼应韩剧，并且写得十分有趣，如此笔法令人叹服。

吃饭一定很开心"——"嗝"——"啦啦，那就一个人去看电影好了"。这样就再也不用担心选择困难症了。要是这样单打嗝就能够发现自己内心的真实声音，我也好想成为患者啊。

奇葩说：

若是像文尾那样，一说谎话就打嗝，那也是蛮酷的。好了，不说了，小编一会儿还要去吃海鲜大餐……嗝……好吧，其实是去吃海鲜口味的泡面……

怎样成为"X战警"

Kyle Hill

● 最强大脑：

作者以"X战警"为引，为我们上了一节十分精彩的生物遗传课。从遗传学讲起到基因知识，再到物种知识，每一项都进行了深入讲解。内容具有很高的科学性，还有很高的趣味性。

演化驱动了地球上所有生命的多样性。从微生物到金刚鹦鹉，随机的突变和自然选择为生命的无数问题提供了绝妙的、就地取材的解决办法。在数十万年、几千世代的演化中，恐龙的祖先们能够演化成鸟，猿类的祖先们能演化成人。演化也许很漫长，且终究是盲目的，但毫无疑问，它强大得难以置信。

我们不难理解为何许多科幻作品会借助演化的概念来塑造其中最有名的角色。如果自然过程能够让蛇体内的消化酶变成一种神经毒素，那为什么不能幻想让演化造出冰人或者金刚狼呢？

X战警遗传学

其实我们都是变种人。你大概不会在起床后发现自己长了天使的翅膀，但在你出生以及成长的过程中，你的DNA一直都在突变。大部分情况下，这些变化是无害，甚至是有害的。比方说，在BRCA1和BRCA2基因上的突变能够近乎夸张地增加乳腺癌的患病率。（译者注：这也是为什么安吉丽娜·朱莉决定进行双乳乳腺切除。）不过总有那么些时候，某一个基因突变可能值得让X学院（Xavier's School for Gifted Youngsters）为其敞开大门。

漫画和电影告诉我们，变种人是能表达"X基因"的人类。他们遗传密码中的随机突变解锁了这个休眠的基因，而它进而通过表达相关的蛋白来制造那些超能力。就像年轻的万磁王在纳粹集中营所做的那

样，变成变种人似乎是表观遗传这个科学领域所关注的——这个领域研究压力等环境因素如何影响基因表达。

表达"休眠基因"的能力也不仅是科幻内容，一些鸡胚能够证明这点——2006年，科研人员在研究鸡胚发育的时候，发现某个基因的突变让胚胎发育出牙齿。由于科学家们已经知道鸟类在8000万年前就丢失了牙齿，这项实验似乎在暗示着，这个基因在很久之前被关闭了。而在突变发生后，牙齿又回来了。

但基因组并不是人们所以为的那种超能力开关板。一个基因的开关能够造成巨大的影响，这确实不假，但我们的许多基因在发挥作用时，都在同时和其他几十上百种基因相互纠缠作用。在X战警的设定中，X基因表达出的蛋白产生化学信号送往全身，诱导其他基因的突变。这种设定下，成为变种人是化学信号辐射状级联放大的结果。

基因突变在每个人中都不一样，在变种人中尤其如此。琴·格雷博士，也就是"凤凰女"，是一个非常强大，也非常稀有的变种人。我们在自然界中也能观察到这种现象——效应越大越稀有。这也是为什么演化需要很长的时间，新的特征也不会突然出现。

从我们这种普通人变成究极态的X战警，可能也不是好莱坞大片中才有的事。去年年底，研究人员发现了一个基因，它也许会让我们得以像蝾螈和海星一样再生肢体。蝾螈能够全面重生四肢、眼睛，甚至大脑的一些部位。我们也有可能获得同样的能力，但在我们的演化之路上，一些基因关闭了。不如把这项研究称作"探寻金刚狼基因"吧。

那么，我们距离成为X战警还有多远？人类演化的下一步将去往何方？

"变种人"是不是新物种？

在《X战警》系列的世界里,最基本的矛盾发生在人类和变种人之间,就好像X教授将一个危险的新物种组织起来了一样。事实上,这个系列电影极力地让你相信"变种人"是一个新物种,是人类"演化中的下一站"。

实际上,演化是自然过程选择出生命体DNA上发生的随机突变。在个体尚未出生时,DNA复制会出现个别错误。这些错误通常不带来变化,或者带来有害的变化,但有时它们能够帮助这个生物体。当一只古长颈鹿先天具备了更长的脖子——进而能够比其他长颈鹿吃到更多的食物,产生更多的后代——那些产生长脖子的基因更容易传递给后代。如果这些基因变化有足够的时间扩散到整个种群,这个性状就会开始在种群中占主导。最终,原长颈鹿就变成了我们今天看到的长颈鹿。

有了足够的遗传变化,新的物种会形成。很多时候,这是通过自然选择完成的,不过随机的"遗传漂变",甚至是地理上的隔离,都可以形成新物种。诚然,喷火和心灵控制是巨大的遗传变化,如果X战警们想成为生物学分类上的新物种"超人"(Homo Superior),还需要什么其他的条件呢?

在《X战警:最后一战》中,变异的X基因能够被完全抑制,让变种人完全变回普通人。这意味着X基因可能只生产了个别能产生异能的蛋白,因而不需要很多抗体就能消除这些能力。要成为"超人",X战警们需要演化至这些变异相互交织到不再能被成功分离。

接下来,X战警们还需要终止和普通人恋爱——辨识新物种的方法之一,就是看它们是否能够杂交产生可育的后代。如果代表双方的两个个体不能做到,那么这可能就是两个不同的物种。举个例子,狮子和

逻辑思维:

"X战警"是存在于电影中的人物,看起来与我们的现实遥不可及。不过,作者用严谨的生物学知识告诉我们,我们是有可能变成"X战警"的。需要的仅仅是足够的遗传变化。

> 脑洞说：
>
> 来，咱们一起努力，培养"X战警"吧，将来拯救地球就靠他们了！

老虎能够生下狮虎兽，它虽然听起来像新物种，但不能繁殖。这很好地提示了狮子和老虎确实是不同的物种。如果X战警不再和人类恋爱，遗传漂变最终会彻底地阻止两个"种族"间的基因重组。

最后，X战警们的超能力也不会那么多样化。生物学上一个确切的物种需要有一套能够被准确描述的特征，也就是表现型，而物种中的所有个体都需要具备这些表现型。而X战警们还不具备这样严谨的表现型——他们之间的差别并不小于他们和普通人间的区别。

天知道我们基因组里还藏着什么"沉睡的力量"。我们目前所知的一些突变中，确实有不少都令人难以置信。一些小孩生来带有不能感受痛觉的突变，还有一些与肌肉生长抑制素相关的肌肉过度生长突变——这种基因突变能够让骨骼肌翻倍。不仅如此，人类一直都在演化的道路上前行——消化动物乳汁中蛋白质的能力只用了几千年就扩散到了许多人类种群。蓝色的眼睛也是如此。

一旦有了足够长的时间，人类演化的下一站可能会比我们所想的更加靠近金刚狼或魔形女。

《意林》"松果阅读"金秋十月偶像来了
全青春文学名家阵容,华美包装展示青春

世界那么大,命中注定遇见你
马叛 作品

一粒沙子里隐藏着一个宇宙,
那是我纯粹守护的田园。

每个人的青春都会接触到形形色色的人,又会和一些人聚聚散散,如云来云去,云聚云散。马叛说:这些相遇都是命中注定。行走的路上,叛逆的青春。

《陪伴是最长情的告白》作者,一个APP、新浪微博、公众微信等常驻作家,网络红人马叛,2015年度最新最真诚的作品。

这世间所有的纸短情长
张芸欣 作品

这世间所有的纸短情长都是我们曾留恋或正在迷恋的暖香。织梦人张芸欣在深夜,为你点一盏青莲之香,寻找渐渐远去的年少与青春。青春旅途中躲不及防发生的故事,在余味中让我们将青春从此坦然忘记。

《月光漫过珍珠夏》作者张芸欣,强势推出的全新作品。

我不怀念你,我只怀念有你的往昔
冷亦蓝 作品

就像是在燥热的午后突然迎来了一阵海风。

这是我们能够看到的最真实的青春故事,是保护青春最真实的写照,充满我们都渴望的美好,深深的忧伤却不矫情。每个人都可以在她的故事中找到最原始的自己。

《左耳》之后,最深入骨髓的疼痛青春。
虐伤青春文学作家冷亦蓝,最诚意的微博书写,疼痛疗伤,爱无止境。

华美暖伤文集：
我记得你说过的每句美好

荆棘女王独木舟亲自作序。
夏七夕、陈麒凌、籽月、七微，超强IP阵容首次集结。
这本书记录你从未曾见的纯净之爱，却感同身受的青春之殇。
深入骨髓地剖析，疼痛中的微甜，以此凭吊终将逝去的青春。
微小如尘埃，却是我最盲目的爱情，最真实的青春。
放肆去爱，放肆青春。

诡爱青春文集：
化身孤岛的星空

周德东、藤萍、青罗扇子、庄秦、连谏，
最会吓人的偶像作家经典呈现。
一本看似浪漫絮语，细思却极恐
回味却感动的怪异之书。
学会独立，感悟人生。
即使化身世上唯一的星空，
你却依然拥有广袤海洋。
孤独絮语，只有自己才能体会。
羽翼丰满，终将化蝶。

花与巡夜人
再掀涂色狂潮！
献给天下所有的
初心/少女心/文艺心
180度平摊涂色更方便！
中国市场首创图文结合版阅读涂色书！

免费附赠全彩手绘教程及涂色明信片，还有机会获得《意林》《意林绘英语》2016年上半年免费赠阅！全国限赠1000名！

扫二维码
只花27元就可拥有
《花与巡夜人》
意林天猫店
https://yllzts.tmall.com

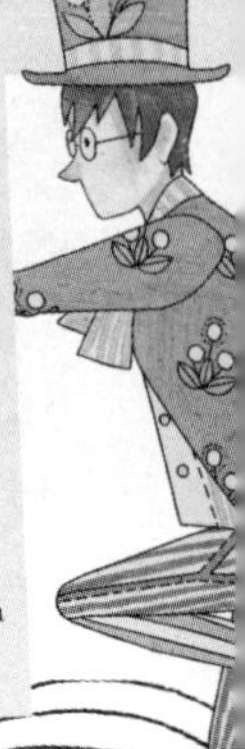